梯 久美子
Kumiko Kakehashi

原民喜

死と愛と孤独の肖像

岩波新書
1727

目次

原民喜

目次扉写真　提供：日本近代文学館

宵ノ間ハ酒場ニテ
少女ラト笑ヒシガ
土手ノカゲ
線路ノ闇ニ枕シテ
十一時卅一分
頭蓋骨後頭部割レ
片脚切レテ
人在リヌ
詰襟ノ服ヲマトヒ
ヨキ服ハ壁ニカケ

友ノタメ残シ置キシハ
ヌケガラニ似テ
「崩れ墜つ　天地のまなか
一輪の花の幻」思ヒツメ
来世ハ雲雀ト念ジ
人死ニヌ
サリゲナク別レシ友ニ
書キ置キハ多カリキ
（佐藤春夫「三月十三日
夜ノ事」）

序章

最期の日

風の強い春の夜のことだった。作家の鈴木重雄が妻と暮らす家に、ふらりと原民喜がやってきた。

新聞社に勤めながら小説を書いていた鈴木はこのとき三十四歳。十二歳上の原は「三田文学」の先輩である。鈴木は久我山、原は吉祥寺と住まいが近く、普段から行き来があったので、突然の来訪にも鈴木夫妻はとくに驚かなかった。

原は極端に無口な性格だったが、気の置けない相手と酒を飲むときは軽口をたたくこともあった。だがこの日はほとんど喋らず、ただ黙ってうまそうに焼酎を飲んだ。

原が帰ったあと、鈴木はクロッカスの鉢が縁側に置きざりにされているのに気づく。それは鈴木が庭から鉢に取り、下宿に持って帰るよう原にすすめた一株だった。

鈴木は鉢を手に急いで通りに出たが、原の姿はすでに見えなかった。

――まったく、幽霊みたいな人だ。

そう鈴木は思った。

原が中央線の西荻窪―吉祥寺間で鉄道自殺を遂げたのは、その翌日、一九五一(昭和二十六)年三月十三日の夜更けのことである。

午後十一時三十分に西荻窪駅を出発した下り電車の運転士は、数十秒後、距離にして二百メートルほど進んだあたりで、前方の線路上に人が横たわっているのに気づいた。急いで警笛を鳴らし、ブレーキをかけたが間に合わず、電車はその上を通過して五十メートルほど進んだところで停車した。

あとになってわかったことだが、原の自死には目撃者がいた。二十歳すぎの女性が二人、友人の家に行くために、線路わきの低い道を西荻窪から吉祥寺方向に歩いていた。すると向こうから、ひとりの男が前かがみの格好でふらふらと歩いてきた。

すれ違ったあと、なんとなく気になって振り返ると、男も振り向いて彼女たちを見たが、すぐにまた前を向いて歩き出した。そして、土手をのぼって線路に横たわった。

その意味に気づいた二人がおそろしさに足をすくませていると、西荻窪方面から電車がやってきた。

男の身体は一瞬、車輪の向こうに見えなくなり、ああ助かったと二人は思った。レールの間に入ったように見えたのだ。だが次の瞬間、くしゃくしゃになった身体が現われ、車輪に引きずられるのが見えた。

　原民喜氏(作家)自殺す　レール枕に、遺書も用意

十三日午後十一時廿分《ママ》ごろ中央線東京発吉祥寺行電車＝運転手志幸行雄氏(二三)＝が西荻窪駅を発車し二百㍍くらい進行したさい四十四五歳の男がレールをマクラに寝ているのを発見、急停車したが間に合わず両足大たい部切断で即死した、高井戸署で検死の結果、背広のポケットから出た名刺により三田文学同人作家原民喜(四六)武蔵野市吉祥寺二四〇六川崎方＝と判明した、同署の調べでは自宅に先輩友人、兄弟にあて「いろいろお世話になりました」と書いた遺書十七通が発見されたところから覚悟の自殺とみられている

原氏は慶応大学英文科卒「三田文学」「近代文学」同人で「夏の花」「死と夢」など戦後広島の原爆をテーマとした作品で知られている(共同)

(「中国新聞」昭和二十六年三月十五日朝刊)

背広のポケットに名刺があったと記事には書かれているが、厳密にいえばこれは誤りで、原

が着ていたのは、詰襟の国民服を染め直した、黒にもこげ茶にも見える擦り切れた服だった。

詩人の藤島宇内《うだい》に宛てた遺書に「あなたにはセビロ服をかたみに差上げます」とあり、藤島が原の下宿に行くと、本棚の横の柱に、汗と日に焼けて少し黄色味をおびた白と黒の細かい格子柄の背広がかかっていた。

原が所有する衣類はごくわずかだった。晩年の原と親しかった遠藤周作は、原が持っていた洋服は、一年を通して三着ほどしかなかったのではないかと書いている。そのうち一番いい服を年少の友である藤島に残し、粗末な普段着を着て原は死んだ。

戦争が終わって五年半が経っていたが、文学青年たちはみな貧しかった。原はかれらのために数少ない持ちものをきちんと整理し、そのひとつひとつに贈る相手の名札をつけてから部屋をあとにしたのだった。

慶應義塾大学文学部英文科出身の原は、同大学ゆかりの文芸誌である「三田文学」に戦前から作品を発表していたが、戦後、新しく創刊された「近代文学」の同人にもなった。その「近代文学」の創刊メンバーのひとりである埴谷雄高《はにやゆたか》が、原の吉祥寺の下宿に一度だけ上がったときのことを、のちに回想した文章がある。

埴谷が訪ねて行くと、原は部屋の中央に机を据えて原稿を書いていた。帰りがけ、立ち上がって玄関まで送ってくれたとき、埴谷は原の着物の尻の部分が抜けていることに気づく。ちょうど座ったときに座布団に当たるところに大きな穴があき、そこからやせた身体が露わに見えていた。

それはまるで鋏で円く切り抜いたような大きな穴になつていて、机の前で仕事をしている長い勤勉な時間を示していたが、と同時にまた、それは構つてくれる者もない独身の荒涼たる孤独の時間の長い深さをも示していた。私は、それを繕わさせるから着かえて下さい、と何度も口の奥でいつたが、またその着物を差しだすときの原さんのはずかしそうな黙つた顔付を思いやつて、ついに言葉に出すことができなかつた。

（埴谷雄高「原民喜の回想」より）

最大の理解者であり庇護者でもあった妻を戦時中に喪い、その後広島で被爆した原にとって、戦後の東京生活は、孤独と貧しさとのたたかいだった。その中で執筆を続け、ついに力尽きたのだった。

轢死幻想

幼少期からずっと、原は他人と接するのが極端に苦手で、世間との回路をなかなか持つことができなかった。

広島での中学校時代に同人誌を一緒に始め、以後生涯の友となった詩人の長光太《ちょうこうた》（本名・末田信夫）が、原と同級生だった熊平武二《くまひらたけじ》から聞いた話によれば、入学してからの四年間、学校で原が声を発するのを聞いた者はひとりもいなかったという。

原民喜は口が利けないのか、利きたくないのか、利きようを知らないのか、それは判らないが、手足もうまく動かせないのである。障害が機能にあるのではないが、たとえば回れ右とか歩調とれとかの動作、教練・体操のことごとくができない、という。だからその時間は教師・生徒たちのなぶり者にされ、嘲《あざわら》いとからかいと罵りのなかで、できない動作をくりかえさせる号令に、まちがいだらけの動作をくりかえし、無言できりきり舞いをつづけ、笑い声に包まれるのだ、という。

（長光太「三十年・折り折りのこと」より）

長じてからも原は不器用なままであり、生きることのなまなましさに怯えた。原にとって世界とは、いたるところに裂け目が口をあけている場所であり、足もとの大地が崩れたり、天が墜ちてくる幻想にしばしばおそわれた。死と厄災の予感に絶えずつきまとわれ、慶應大学の予科時代に始めた俳句では、「杞憂《きゆう》」という俳号を名乗っている。

何故かわからないが、僕はこの世のすべてから突離された存在だつた。僕にとつては、すべてが堪へがたい強迫だつた。低く垂れさがる死の予感が僕を襲ふと、僕は今にも粉砕されさうな気持だつた。

（「魔のひととき」より）

轢死《れきし》という死に方は、そんな原がもっとも恐怖していたものだった。長光太によれば、原は若い頃から何度も轢死の幻想を口にしていたという。

片腕は痺《しび》れて、既に、軌道の側に転つてゐる死骸の一部と化したのか。

胴の上、赤と緑のシグナルが瞬く闇に、涼風の窓を列《つ》らねた省線が走り、その女の靴の踵《かかと》が、轢死した彼の上を通過してゐる。……ああ、それも、これも、背き去らねばならぬ哀運の児のさだめか。再び、彼の頭上を省線は横切り、無用の頭蓋を粉砕してしまふ。

（「溺没《できぼっ》」より）

この「溺没」は、一九三九（昭和十四）年に「三田文学」に発表された短篇小説である。文中の省線とは、大都市近郊を走る国鉄の短距離路線の戦中までの呼び名で、原が自死した中央線は、山手線とともにその代表だった。

光るシグナル、開け放たれた窓のつらなり、胴体の上を通過する電車の床を踏んでいる女の靴……。怖ろしくてならないものを、怖ろしさゆえに繰り返し夢想せずにはいられず、その反芻の中から、結晶が析出するように、あるイメージが生まれてくる――そんな文章が原にはしばしば見られるが、「溺没」もそうした作品といえる。

「溺没」の終わり近くには「彼は酒屋を出て、踏切の方へ歩いて行つた。今、電車は杜絶《とだ》えて、あたりは森《しん》としてゐた。やがて微かに軌道が唸りはじめた。響はすぐに増して来た」とあり、これについて長は、「それは三月十三日午後十一時三十一分のかれの姿を予告しているかのようです」（「死の詩人・原民喜」）と書いている。線路に入る前、原は小説の主人公と同様、酒場で酒を飲んでいた。

長によれば、原は上京して慶應の予科に入ってからも、「電車や汽車・自動車や荷車・自転車にまで異常な怖れを感じ、車類を見ると緊張した」（「三十年・折り折りのこと」）という。

そして戦後、原の電車への怖れは、また別の意味をおびることになる。

原君は或る時、自分の周囲の事物が、一瞬で崩壊するやうな恐怖を感じないかと私に云つた。さうした恐怖感は、もともと原君の体質的なものに思へたが、それを強く感じるやうになつたのは、原子爆弾に遭つての痛手からのやうに考えられた。稲妻も、ひどく嫌ひらしく、光る度に椅子から腰を跳ね上げるほど体をふるはせて、眼に恐怖の色を見せるのだつた。

（丸岡明「原爆と知識人の死」より）

最後の住処となった吉祥寺の下宿に移る前、原は神田神保町に住んでいた。「三田文学」の編集室があったビルの一室を借りていたのだ。そこへよく遊びに来ていたのが若き日の遠藤周作である。遠藤は、原と一緒に近くの外食券食堂に行った帰り道での出来事を次のように回想している。

帰りがけに我々の前を九段から神保町に通う都電が鈍い音をたてて通過した。線路に火花が散った。その時、猫背で歩いていた原さんが突然、軀を震わすようにして立ちどまった。そしてあの怯えた眼で電車をじっと見つめた。

「原さん、どうしたの」

「いや」

彼は首をふった。（中略）

「ぼくはね」しばらくして彼は私に言った。「あの火花をみた時ね……原子爆弾の落ちた瞬間を聯想《れんそう》してね」

（遠藤周作「原民喜」より）

原爆の惨禍の記憶は、原の感受性の基底にもともとあった外界への怯えに、あらたな層を付け加えた。電車への恐怖は戦後、さらに増していたはずである。

きれいな死、きれいな生

原の死の知らせを、遠藤は前年の六月から留学していたフランスで受け取った。リヨン・カトリック大学の学生寮に日本から遺書が転送されてきたのは、原の自死から十三日後の三月二十六日のことだった。

その日の遠藤の日記には、こんな一節がある。

原さん。さようなら。ぼくは生きます。しかし貴方の死は何てきれいなんだ。貴方の生は何てきれいなんだ。

（一九五一年三月二十六日付日記より）

ここで遠藤が「きれい」と書いているのは、まず「死」であり、そのあとに「生」がきている。訃報に接したとき、最初に遠藤の胸にひびいたのは、彼の「死」の美しさだった。

『沈黙』に代表される、キリスト教をテーマにした小説をのちに多く執筆することになる遠藤は、生涯を通して信仰とは何かを問い続けた作家である。十二歳で受洗しており、原が亡くなったときはすでにクリスチャンだった。その遠藤が、キリスト教では自殺が禁じられているにもかかわらず、原の死を美しいと感じているのだ。

被爆体験をへて、都電にさえも怯えるようになっていた原が、もっとも怖れていた轢死をあえて選んだのはなぜか。そして原の自死を知った遠藤が、「何てきれいなんだ」と書いたのはどうしてなのか。

自分のために生きるな、死んだ人たちの嘆きのためにだけ生きよ。僕を生かしておいてくれるのはお前たちの嘆きだ。僕を歩かせてゆくのも死んだ人たちの嘆きだ。お前たちは星だつた。お前たちは花だつた。久しい久しい昔から僕が知つてゐるものだつた。

（「鎮魂歌」より）

戦後の東京にひとり戻った原は、死者たちを置きざりにしてしゃにむに前に進もうとする世相にあらがい、弱く微《かす》かなかれらの声を、この世界に響かせようとした。そのために詩を書き、小説を書き、そしてそのあとでかれらの仲間入りをしたのである。もっとも恐怖していた死に方を選んで。

原は自分を、死者たちによって生かされている人間だと考えていた。そうした考えに至ったのは、原爆を体験したからだけではない。そこには持って生まれた敏感すぎる魂、幼い頃の家族の死、厄災の予感におののいた若い日々、そして妻との出会いと死別が深くかかわっている。死の側から照らされたときに初めて、その人の生の輪郭がくっきりと浮かび上がることがある。原は確かにそんな人のうちのひとりだった。この伝記を彼の死から始めるのはそのためである。

死の現場

原の自死の現場に話を戻そう。

遺体のポケットにあった名刺の住所から、警察は原の下宿に連絡を入れた。そこを借りる際に世話をしたのが、慶應の予科時代からの友人である庄司総一、そして前夜に訪問を受けた鈴木重雄だったことから、この二人のもとにまず知らせが届いた。

十四日の早朝、二人が現場に駆けつけたとき、原の遺体はまだ線路わきにあり、筵《むしろ》がかけられていた。国鉄の保線係と巡査が前夜からずっと、古い枕木で焚火をしながら側についていてくれたという。

庄司が遺体につきそい、鈴木は西荻窪駅の駅長室で電話を借りて、原の友人たちに連絡をした。最初に電話をしたのは、作家の丸岡明の家である。丸岡は戦時中に休刊した「三田文学」が一九四六(昭和二十一)年一月に復刊したときに編集を担当、父親が創業した能楽書林(能楽専門の出版社)で発行も引き受けていた。吉祥寺に移る前の原は、丸岡の好意で、神田神保町にあった能楽書林のビルの一室に住み、復刊の年の十月から一九四九(昭和二十四)年末までは編集にも携わっている。

丸岡の家で電話を受けたのは妻だった。

「原さんが、自殺をなさったそうよ」

寝ていた丸岡は妻にゆり起こされた。まだ切っていないから電話に出てくださいと言われ、丸岡は電話口で鈴木から状況を聞いた。妻は整理簞笥に顔を伏せて泣いていた。

丸岡は講談社の文芸誌「群像」の大久保房男に電話で知らせた。大久保はまだ二十代の編集者だったが、原の作品を積極的に掲載し、私生活でも親しかった。

編集部で電話を取った大久保の耳に、丸岡のあわてた声が飛び込んできた。

「あのね、原君がね、ええとお、原君が死んだっていうんです。ええとお、電車にひかれて、それが、ええとお、自殺らしいというんだが、酒を随分のんでいたらしいんだ。酔って電車から落ちたのかもしれない。ええとお、自殺じゃない、わからないが、自殺じゃないかもしれない」

私は丸岡さんの電話をききながら、確実に自殺だと判断する一方では、自殺ではないと思おうとしていた。丸岡さんもそう思おうとしているのがよくわかる。

（大久保房男「原民喜氏のこと」より）

大久保は「近代文学」の佐々木基一《きいち》にウナ電（至急電報）を打ってから西荻窪駅へ向かった。佐々木は原の亡くなった妻の弟である。

丸岡、大久保、佐々木の三人は、いずれも晩年の原と深い親交があり、それぞれのやり方で、世間智に欠ける原の面倒を見た。のちに引く遺書の中でも、原はかれらに仕事や生活上の後始末を頼んでいる。

三人の中でもっとも早く現場に着いたのは大久保だった。

西荻窪駅で電車を降り、駅員に教えられた方へ歩いて行くと、線路から一段下がったところで焚火がくすぶっており、そのかたわらに庄司総一がいた。見上げると線路の脇に駅員がひとり立っていて、その横に筵が見えた。駅員は遺体の番をしているのだった。

消えかけた焚火に二人であたっていると、まもなく丸岡がやってきた。庄司と丸岡がこれからどうするかを言葉少なに話し合い、原の義弟である佐々木が来るのを待とうということになった。

だがいつまで待っても佐々木は来ない。やがて葬儀屋が助手と二人で棺を運んできて、原にかけられていた筵が取りはずされた。大久保は目を背けまいと全身に力を入れ、遺体と対面した。

原さんは折襟の服の胸をはだけて横たわっていた。頬に引かき傷をつくり、胸にもひっかき傷がついていた。それは思つ《ママ》よりきれいで、ねむっているようだった。年かさの方の葬儀屋が、

「鉄道事故の仏さんの方が、水死人よりかえってきれいなんだ」

とひとりごとのように私たちに聞かせながら、

「重いなあ、こうしよう」

というと、原さんと並行に棺を並べ、二人で原さんをごろりと転がしてその中に納めた。

（同前）

服がはだけられていたのは、検死が行われたためである。近くに落ちていた灰色の鳥打帽――外出のとき原はいつもそれをかぶっていた――が遺体の胸の上に置かれた。

丸岡がこのとき思ったのは「極度に自動車などを怖れてゐた原民喜が、こんな乱暴な方法を選んだのは、余程考へての末であつたらう」（「原爆と知識人の死」）ということだった。

丸岡は残り、大久保と鈴木、庄司の三人が霊柩車に乗って堀の内の火葬場まで遺体につきそった。当時は未舗装の道が多く、車が揺れるたびに棺の底から血がしたたった。その日は友引で火葬ができず、遺体を火葬場で預かってもらうことになった。棺は二本の木材を渡した上に載せられ、そこでもゆっくりした間隔で床に血が落ちた。

電報を受け取った義弟の佐々木が合流したのはそのあとのことである。当時は郵便事情が悪く、大久保が打った電報が佐々木の家に届いたのは昼になってからだった。

翌十五日、原のすぐ上の兄の守夫らが広島からやってきて、遺体は火葬に付された。火葬ののちに通夜があり、十六日に阿佐ヶ谷の佐々木の家で「三田文学」と「近代文学」の合同葬の形で告別式が行われた。葬儀委員長は「三田文学」の長老格の佐藤春夫である。

会葬者の芳名帳が残っているが、そこには、伊藤整、瀧井孝作、神西《じんざい》清、角川源義《げんよし》らの名前が見える。生前に刊行されたのは、戦前に自費出版した『焰』、および一九四九(昭和二十四)年刊行の『夏の花』の二冊のみで、文壇づきあいもほとんどしなかった原だが、百名を下らない会葬者が露地まであふれた。

葬儀の日

弔辞を読んだのは、「三田文学」の柴田錬三郎と、「近代文学」の埴谷雄高である。埴谷は佐々木家の狭い庭に立ち、「あなたは死によつて生きていた作家でした」と原に語りかけた。

あなたの作品は　この地上に生きるものの悲しみの果てを纎細に描き出してゐます　そして生のいとほしさ　優しさ　よろこび　などがそのあなたの陰影の深い悲しみの果てからゆらめきでて来ることは　芸術のみの持つ深い不思議であつて　私達はそのあなたの作品を数すくない宝玉として愛着してきたのでした

埴谷は会合などの席で、ひとり黙って飲んでいる原のそばに行き、しゃべりまくる癖があった。「原民喜の無口は圧迫的でなく、気づまりでない。そこにいるのが、透明な結晶体ででもあるように、ひとびとの気にかからぬ静謐なかたちで、彼はひとびとの脇にひつそりと坐つているのである」(「びいどろ学士」)と書いているように、原のたたずまいに惹かれるところがあったのだ。もちろんその文学にも。

人間の心をこめた訴へと痛憤をもはやうけいれぬような恐しい　厚い　暗い影が　いま
また　ただちに広島のみならず　地球のあらゆる面へ拡がつてきているかに見えるとき
あなたを見送らねばならぬことは　私達の最つとも深い悲しみとするところです

原が自死する前年の一九五〇(昭和二十五)年六月に朝鮮動乱が勃発、同年十一月にはアメリカのトルーマン大統領が、朝鮮での原爆使用も考慮に入れていると発言した。原爆の惨禍が繰り返されるのではないかという怖れが世界中に広がっていた。

このことは原の心を暗くした。死の前年の暮れに長光太に宛てた手紙に、原は「明日ふたたび火は空から降りそそぎ／明日ふたたび人は灼かれて死ぬでせう／いづこの国もいづこの都市もことごとく滅びるまで／悲惨はつづき繰返すでせう」(昭和二十五年十二月二十三日付)と書いている。

原民喜さん　あなたは死によつてのみ生きていた類ひまれな作家でした　そして　あなたはさらに　その最後に示した一つの形ち　書かれざる文字によつて　私達にまた　悲しみの果てからほとばしりでるひとつの　訴へをなしたごとくです

このとき埴谷は四十一歳、原より四歳下である。三半規管に故障を抱え、体調がすぐれなかったが、前日の火葬にも立ち会った。斜視のひどくなった顔をうつむけ、細い縞の着物を着た身体を漂わせるようにして悲しみに堪えていた姿を、大久保房男がのちに回想している。弔辞は切々として長かった。

私達は　そのあなたにどのようなかたちで答え得るやを知りません　が　さて次のことだけはあなたに伝へ得るだろうと思ひます　私達もまた　この地上に生きる悲しみと生のいとほしさを知るものであつて　私達の持つ形ちとささやかな文字によつて　あなたの訴へとほとんど同じ訴へを訴へつづけるであろうことを

葬儀を無宗教で行うことを提案したのは埴谷だった。参列者にとっては慣れない形式だったが、友人たちによる文学葬のような形になった。佐藤春夫が短歌を献じ（「なにゆえにいづくにゆきし君なりや　問ふべきすべのなきぞせつなき」）、慶應大学予科からの友人である文芸評論家の山本健吉が、みずからの被爆体験を題材にした原の代表作「夏の花」の一節を朗読、藤島宇内は詩を朗詠した。
埴谷の弔辞は次のように締めくくられた。

原民喜さん　広島でうち倒れて　あなたに静謐な階調正しい鎮魂歌を奏でられた多くの人々の許へ　そしてまたあなたが絶えずそこから出て　そこえ帰つていつた奥さんのもとへ　やすらかに行つて下さい

原は薄紙に包んだ妻の写真を肌身離さず持っていた。死別したあとも彼を支えていたのは妻の存在であったことを、友人たちはみな知っていた。

準備された死

原の死は周到に準備されたものだった。数か月前から友人や仲間たちをさりげなく訪ね、それと悟られずに今生の別れをした。その最後が、自死前夜の鈴木重雄宅への訪問である。鈴木が株分けしてくれたクロッカスの鉢を持ち帰らなかったのは、翌日に命を絶つことを、そのときすでに決めていたからなのだろう。

下宿の机の上には十七通の遺書があり、親族宛てのものは白い角封筒に、友人たちに宛てたものは茶の長封筒に入っていた。

机の上にはそのほかに、表面に宛名と住所が記された葉書が数枚置かれていた。裏面は白紙のままで、自分が自殺したことをこれらの人に知らせてほしいと下宿の人に頼むメモが添えられていた。

机の上の遺書に大久保宛てのものはなかったが、押し入れの下の段に、紺無地の人絹の風呂敷で包んだ荷物があり、大久保の名が書かれたアート紙の荷札がつけられていた。その中に、白い角封筒に入った大久保宛ての遺書と、航空便用の封筒に入った遠藤周作宛ての遺書が入っていた。遠藤宛ての遺書は住所と宛名が書かれ、切手も貼られて、すぐ投函できるようになっていた。

風呂敷包みにはそのほかに「心願の国」と題された原稿、数本のネクタイ、普通のタオルの二枚分ほどある縞模様のタオルなどが入っていた。大久保の名前が書かれた荷札の裏には「ちょっといいでせう」と書かれていたが、それはネクタイのことなのだろうと大久保は思った。

遺書にはこうあった。

大久保君
あなたにはネクタイをあげます
あなたはたのしく生きて下さい
心願の国といふ原稿　群像で不要の際は近代文学へ渡して下さい

大久保は、フランスの遠藤に原の死を知らせる手紙を書き、遠藤宛ての遺書と一緒に投函した。手紙は、死の状況を説明したあとに、「驚いたが当然であるやうな気もする」「火葬のとき、始めて小生は涙が出て、困つた」などとあり、「元気で、私達は元気で生きませう」と結ばれている。

原が遺書を残した相手には、大久保と遠藤のほかに、兄の守夫、義母（妻の母）の永井すみ子、義弟の佐々木基一、丸岡明、鈴木重雄、庄司総一、山本健吉、藤島宇内、佐藤春夫、梶山季之《かじやまとしゆき》などがいる。

佐々木基一に宛てた遺書には次のように書かれていた。

ながい間、いろいろ親切にして頂いたことを嬉しく思ひます。僕はいま誰とも、さりげ

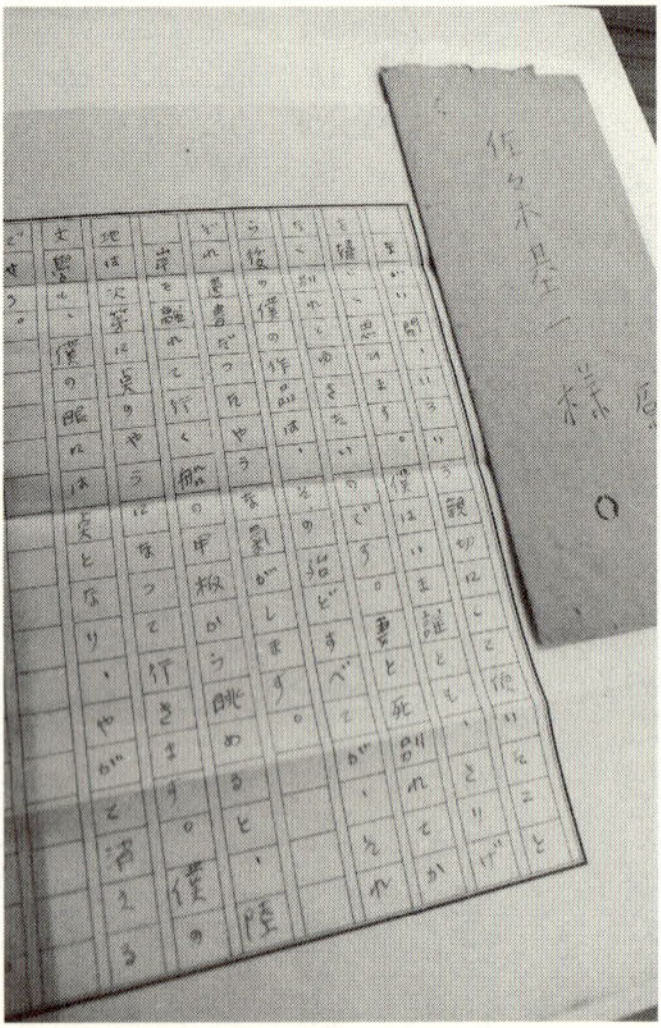

佐々木基一宛遺書（所蔵：広島市立中央図書館）

なく別れてゆきたいのです。妻と死別れてから後の僕の作品は、その殆どすべてが、それぞれ遺書だつたやうな気がします。

岸を離れて行く船の甲板から眺めると、陸地は次第に点のやうになつて行きます。僕の文学も、僕の眼には点となり、やがて消えるでせう。

今迄発表した作品は一まとめにして折カバンの中に入れておきました。もしも万一、僕の選集でも出ることがあれば、山本健吉と二人で編纂して下さい。そして著書の印税は、原時彦に相続させて下さい。

折カバンと黒いトランク（内味とも）をかたみに受取つて下さい。

甥（三四郎）が中野打越一三平田方に居ます。

では御元気で……。

原民喜

佐々木基一様

これが全文である。

文中にある折カバンとトランクは、下宿の押し入れにあった。折カバンの中には、原稿、雑誌に掲載された作品の切り抜きに書き入れをしたもの、ノート、書簡などとともに、作品集用に原が作った目次も入っていた。

この遺書は佐々木の遺族から寄贈され、現在、広島市立中央図書館に収蔵されている。「佐々木基一様　原民喜」と表書きされた縦長の茶封筒に入っており、B４判の原稿用紙に黒インクで書かれている。封筒の大きさに合わせてきちんと折りたたまれた原稿用紙の枡目には、原独特の丸みのある文字が几帳面に収まっていて、書き直した跡も文字の乱れもない。文面だけでなく遺書そのものの佇まいも静かである。

死者に生かされる運命

この遺書の中で原は、岸を離れて行く船の甲板に立って陸地を眺めている。遠ざかる陸地は現世、すなわち生者の地だろう。

原が大久保に託した遺稿「心願の国」(「群像」五月号に掲載された)の終わり近くに、この遺書が「佐々木基一への手紙」として引用されているが、そこには遺書にはない文章が加えられている。「僕の文学も、僕の眼には点となり、やがて消えるでせう。」の後にこう書かれているのだ。

去年、遠藤周作がフランスへ旅立った時の情景を僕は憶ひ出します。マルセイユ号の甲板から彼はこちらを見下ろしてゐました。桟橋の方で僕と鈴木重雄とは冗談を云ひながら、出帆前のざわめく甲板を見上げてゐたのです。と、僕にはどうも遠藤がこちら側にゐて、やはり僕たちと同じやうに甲板を見上げてゐるやうな気がしたものです。

遠藤はこの部分について、「後になって原さんの遺稿というべき作品を読んだ時、私は彼がどんな気持で去っていく船を眺めていたかがわかった。本当に去っていくのは船に乗った私ではなく、実は自分であることを思いながら彼は、遠ざかるマルセイエーズ号を見ていたのだ。そして同じように原さんのあとに自殺した加藤道夫氏の胸中にもあの時同じ気持が起ったのかもしれぬ」(「原民喜」)と書いている。

加藤道夫は、原より十三歳下の劇作家である。原と同じ慶應大学の英文科卒で、初めて執筆した戯曲「なよたけ」(昭和二十一年「三田文学」に発表)で、原の「夏の花」、鈴木重雄の「黒い小屋」とともに第一回水上瀧太郎賞を受けている。評論や演出でも活躍し、将来を嘱望されたが、原の死の二年後の一九五三(昭和二十八)年、三十五歳で自死した。遠藤の回想によれば、見送りの岸壁で、原と加藤は皆から少し離れたところに立ち、原がじっと船を見つめている横で、加藤は手を振り続けていたという。

岸壁での情景が出てくる「心願の国」を読んだときに遠藤が思い至ったのは、遠ざかる船を見つめていた原の心は、すでに半ば死の側にあったということだ。

原は妻と結婚したばかりのころ、ふと、間もなく彼女に死なれてしまうのではないかという気がして、「もし妻と死別れたら、一年間だけ生き残らう、悲しい美しい一冊の詩集を書き残すために……」と思ったと書いている(「遥かな旅」)。妻が若死にするのではないかという怖れは不幸にも的中し、結婚十一年目に三十三歳で病死する。

それから一年たたないうちに原は原爆に遭い、自分の見たものを書き残さないうちは死ねないと思うようになった。そして、戦後六年近くを孤独の中で生きのびたのである。

大久保が遠藤への手紙に、原の自死を「驚いたが当然であるやうな気がする」と書いたのは、そして埴谷が弔辞で「あなたは死によつて生きていた作家でした」と語りかけたのは、そうしたことを理解していたからだった。

だが、妻と死別する前、さかのぼれば幼少期からすでに、原にとって、死が恐怖の対象である一方で、死者は身近で親密な存在だった。原は、死者によって生かされる運命を負った文学者だった。

死の二年前、一九四九(昭和二十四)年に発表したエッセイの中で、原は「私の自我像《ママ》に題する言葉は、／死と愛と孤独／恐らくこの三つの言葉になるだらう」と書いている(「死と愛と孤独」)。原の人生は、死の想念にとらわれた幼・少年期があり、妻の愛情に包まれて暮らした青年期があり、広島での被爆をへて、孤独の中で書き続けた晩年の日々があった。まずは原が妻に出会うまでの日々をたどってみることにする。

＊埴谷雄高の弔辞は『定本 原民喜全集』別巻に収録されたものから引用した。

影法師は暗い処に居るから嫌です。ひよいと飛び出して私を抱へてつれて行かうと思つて樹や垣根の蔭に隠れて居るのです。

獅子の笛は金色だからいけないのです。あんなによく慄《ふる》へる細い音はすぐ私のまつ青の顔を遠くから嗅ぎつけてしまひます。

（「なぜ怖いか」より）

I　死の章

一　怯える子供

軍都広島と原商店

原民喜は一九〇五（明治三十八）年十一月十五日、父信吉、母ムメの五男として広島市幟町《のぼりちょう》一六二番地（現在の広島市中区幟町）に生まれた。

長男と次男は早世したため、実質的には三男の信嗣が長兄、四男の守夫が次兄にあたる。そのほかに弟が二人、姉が二人、妹が二人いた。長姉と次姉は原が成人する前に亡くなり、上の弟も四歳で亡くなっている。

生家の原商店は父の信吉が一八九四（明治二十七）年に創業した陸海軍・官庁用達の繊維商で、軍服、制服、夜具入れ、天幕、雨覆いなどの製造・卸を行っていた。一八九四年は日清戦争が始まり、広島に大本営が置かれた年で、原商店は軍都広島の発展とともに業績を伸ばしていく。

原が生まれた一九〇五年は、日露戦争で日本が勝利した年である。文芸評論家の本多秋五《しゅうご》は、原の告別式があった夜、原の次兄を東京駅へ送って行く途中で、民喜という名は戦争に勝って民が喜ぶという意味なのだ、と聞いたと書いている(「火焔の子」)。

原商店は工場のほかに複数の貸家も所有するようになり、一九一四(大正三)年に合名会社となる。一家の暮らしぶりは裕福で、原の幼少期から少年期の家族写真を見ると、そこに写っている家屋や庭の立派さ、また服装などからも、経済的な豊かさが伝わってくる。

長光太は、中学生のときに訪ねた原の家の様子を次のように書いている。

二葉山を望んで西練兵場の草原のなかを、研屋町から幟町筋へはすに横切って行く。上流川の柳をちらと見て二三軒いったところに、原合名会社という看板をのっけた屋根が大きくつらなってる。奥まで見通しの店には、カンバスや布やロープなどが積まれ、陸軍御用達とか代理店の掛看板が見えた。向って左に仕切られた通路があって、そこをくぐると敷石の向うに玄関が、植込みと中庭の仕切戸をひかえにして静かだ。(中略)玄関からとっつきの階段をあがって行くと、原民喜が坐っていた。

(「三十年・折り折りのこと」より)

恵まれた生い立ちは、被爆の際の運命を分けることにもなった。原爆が投下されたとき、爆心地から一・二キロの近さだったにもかかわらず原が無事だったのは、ちょうどそのとき厠《かわや》に

原家の家族写真　1931(昭和 6)年撮影，原民喜(後列左端)，長兄・信嗣(後列右から 2 番目)，次兄・守夫(後列右端)，母・ムメ(前列右から 3 番目)，姉・千代(前列右から 2 番目)，妹・恭子(前列右端)(提供：日本近代文学館)

いたためであるが、家が頑丈な造りで倒壊をまぬがれたことも大きい(直後に起きた火災のため焼失)。

この家は父の信吉が一九〇八(明治四十一)年に建てたものだが、原のエッセイ「原爆回想」によると、前の家が地震で壁や柱に少し隙間ができたため、新築だったにもかかわらず、取り壊して建て替えさせたのだという。その際に吟味を重ねて頑丈な普請にし、一階の間数は多いのに二階には二間しかない家を作った。遠くから眺めるとちょこんと二階が屋根の上に乗っかっているような家だったと原は回想しているが、それが原爆のときに功を奏したのだ。

戦争によって財を成した家に育ったこと、

その恩恵もあって、多くの犠牲者を出した原爆を自分はほぼ無傷で生きのびたことに、原は複雑な思いがあったようだ。

「群像」の大久保房男によれば、原は突然告白するように、心にわだかまっていることをぼそっと言うことがあった。あるとき原は恥じらいで顔を赤くし、うつむきながら「ぼくの家はね、戦争成金なんだよ」と大久保に言った。「ぼくの家ではね、工員を搾取して、ぼくらのうのうとして来たんだ」と重ねて言い、首を横に振ったという(「原民喜氏のこと」)。

だが、戦争によって発展した原商店に対する原の複雑な思いが、創業者である父親への批判につながることはなかった。原は自伝的な小説を多く残しているが、その中に父を批判する文章は見られない。小学校五年生のときに死別した父は原の人格形成に大きな影響を及ぼし、生涯にわたって思慕の対象であり続けた。

幼年期と少年期の断層

原の小説のテーマは、子供時代の回想、妻との死別、被爆体験の三つに大別される。

原には幼年期を回想した『幼年画』と題する連作短篇集があるが、その主人公は、敏感すぎる神経のため外界に怯える子供である。

たとえば「小地獄」という作品の主人公は、恐怖心ゆえの想像力によって、さまざまな幻想を見る。

最初の挿話は、自宅の台所で、いつからか家に来るようになっていた老婆が飯を炊いているのを見る話である。「私」は何となしに嫌な気持ちになり、「婆あ、婆虫」と罵る。だが老婆は素知らぬ顔である。「私」はさらに、「婆虫、婆虫、バツサバサ」と大声で言って板の間を踏み鳴らす。

すると、老婆はそつと私の方へ笑顔を向けた。見ると、老婆の唇の中には真黒な虫がむじやむじや蠢《うごめ》いてゐるのだ。私はわあと大声で泣喚《なきわめ》いた。母が喫驚《きっきょう》して駆けつけて来ると、老婆は頻《しき》りに口をあけて何か云つてゐた。

もう何も怕《こわ》いことはないと、漸《ようや》く私は母に宥《なだ》められた。そこで、おづおづと老婆の方を視ると、今度はその真黒な虫の中に小さな赤い蛇がめらめらと動いてゐるのだつた。

（「小地獄」より）

別の挿話では、風呂場の前の空き地で土いじりをして遊んでいる「私」が掌で土を掘ると、婆虫がいくつも出てくる。婆虫とは蟬の幼虫のことで、暗闇から出てくると、白い恨めしそうな顔をする。私はもう家に帰ろうと思うが、なぜか婆虫は後から後から出てくる。

そのうちに気がつくと、風呂場の方はもう日が暮れてゐて真暗になつてゐた。ふと、耳許で家の中にある筈の柱時計がヂヤランヂヤランと鳴りだした。私は何だか妙な気がした。それから私が土を払つて、立上ると、その瞬間、私の足に何か触れたものがあつた。見ると土の下からによつきり生えてゐる老婆の手だ。あつと思ふ間に老婆は土を割つて、全身を跳ね起した。（同前）

何かの拍子に現実の表皮がめくれて、もうひとつの世界が見えてしまう——幼児が経験する恐ろしくも蠱惑《こわく》的な時間があざやかに描かれ、読み手の幼い頃の記憶を喚起する。同じ作品の中に、こんな挿話もある。

私は母が裁縫する側に寝そべつてゐた。ふと見ると、針差の針の山にてんとう虫が一匹這登つてゐるのだつた。てんとう虫は一本の針を伝つて段々てつぺんに登つて行く。針のてつぺんの針のめどに妖しげな光が洩れてゐて、それを眺めてゐると、何だか気が遠くなるやうだつた。
その時、母は糸切歯で赤い絹糸をぷつりと食ひ切つた。と、私は母の歯が何だか怕く思へた。
（同前）

この『幼年画』では、怯えながらもそろそろと世界に踏み出していく子供の姿が描かれている。そこには世界の彩りを見逃さない鋭敏な感覚がきらめいており、恐ろしいながらものびのびとした想像の世界がある。だが、幼年期を過ぎて少年となった主人公を描いた作品では、幻想の世界に、暗く陰惨なイメージが加わる。

原には、『幼年画』と同様、幻想味の強い小説を集めた短篇集『死と夢』がある。こちらに収録されている作品の主人公は、多くが少年から青年にかけての年代である。

そのうちの一篇「行列」は、自分の葬式を見る少年の話で、主人公には文彦という名が与えられているが、家庭環境や家族構成は原自身の中学校時代と重なる。

ある日、文彦が中学校から帰ってくると、玄関の格子戸に叔父らしき筆跡で「忌中」と書かれた紙が貼ってある。家に入ると、八畳の間に床が延べられ、人々が取り囲んでいた。文彦の母が、床に寝かせられている人物の顔にかぶせられた白い布をめくる。そこにあったのは文彦自身の死に顔だった。

文彦は自分が棺桶に入れられるのを見る。蓋がされて釘が打ち込まれると、さっきまで泣いていた人々の顔に、ほんの微かではあるが何か晴れ晴れした表情が閃き始める。もう間もなく往来に出ることを予想して、叔母がハンドバッグをあけて顔をつくろい始める。母も喪服の襟を直す。

「やめてくれ、やめてくれ、僕は死んぢやゐないぢやないか。ほら、ここにゐるのがわからないのか。馬鹿、みんな馬鹿、みんなとぼけて僕を葬らうとするのか」と、今度は家のうちの誰彼なしに把《と》へては喚いた。が、誰も彼の存在に気づかないらしかつたので、次第に文彦は気抜けがして来た。

（「行列」より）

必死で訴えても誰も気づいてくれず、生きながら葬られる恐怖。描かれているのは、『幼年画』にあったような、日常生活の中に突如として異形の存在があらわれる怪異談とは違った、世界との断裂の感覚である。

『死と夢』に収録されているのはすべて死にまつわる話で、主人公の多くは死者である。序章で紹介した、轢死のイメージを描いた「溺没」もこの短篇集に入っている。どれも現実には起こりえない、まさに夢の中のような不条理で不安定な世界を描いているのだが、細部が妙にリアルで、『幼年画』のようなノスタルジックな雰囲気はない。

『幼年画』と『死と夢』は、ほぼ同じ時期（昭和十年代の前半）に書かれている（『幼年画』所収「朝の礫」を除く）。原の年齢でいうと三十代の前半である。だが、幼年期を描いた前者にくらべて、少年期以降を描いた後者は明らかに暗い。原の記憶の中で、両者の間に断層があるのだ。その理由は何なのか。

二　父の死

引き裂かれた世界

原が広島師範学校附属小学校（現在の広島大学附属東雲小学校）に入学したのは、一九一二（明治四十五）年四月のことである。この小学校時代に、原は三人の家族を喪った。一年生のときに弟の六郎が四歳で、五年生のときに父が五十一歳で、高等科一年生のときに次姉のツルが二十一歳で死去している。原のその後に大きな影響を与えたのは、父と姉の死である。

父の信吉は、一九一七（大正六）年二月、胃がんのため五十一歳で亡くなった。福岡の病院で手術を受け、ぶじ退院したものの、その後自宅で療養中に死去している。それは、十一歳だった原にとって「世界は真暗になつて、引裂かれてしまつた」（「昔の店」）と感じる経験だった。

それまでの原は、外ではいつも緊張していたが、自宅や店は心休まる安全地帯だった。子供たちに愛情をもって接した父の庇護下にあったためだ。

自身の子供時代を投影した静三という少年が主人公の小説「昔の店」には、父の死を境に世界が一変した様子が詳しく描かれている。

父が健在だった頃は、店の雰囲気も、また従業員たちも、彼にとって親密なものだった。営業を終えたあとの店の奥は兄弟との遊び場であり、丁稚も加わって、王様ごっこや猛獣狩りなどの劇に興じた。近所の子供たちを招いて幻燈会が催されることもあり、そんなとき彼はいつも、「感覚が一新される」ような心持ちがした。そして、終わるとしばらくは「あたりの物の象《かたち》までなつかしい陰翳に満たされ」るのを感じるのだった。

店から工場までの道を歩くときの気分は「四五町の距離がわくわくと彼の足許で躍りだす」ようだったし、工場の裏手にある川のほとりでは、ゆったりした静かな水の流れが、気持ちを遥かなところへ運んでくれた。「あの辺があんなに素晴しくおもへたのは、そつくり父の影響だつたのかもしれなかつた」と主人公は思う。

10代前半の原民喜
1917-1918(大正6-7)年頃撮影(提供：日本近代文学館)

店の事務室では、父がときおり従業員たちと夜遅くまで帳簿の整理をし、母や姉もそこに加わることがあった。仕事が終わってくつろぎの時間が始まったのを見計らって、大人たちの間へ入っていくと、夜の空気が急に親和的に感じられる。父と従業員たちの姿は主人公の目に、「いつも何か相談しながら、素晴しいことを待つてゐるやうに」思えた。

だが父が亡くなると、彼にとっての周囲の見え方は一変し、店にも従業員にも親しみを感じなくなる。

静三は後になつて回想すると、この頃を境に彼は日向から日蔭へ移されたやうな気持がする。父の生きてゐた時は、店の者がすべて密接なつながりを有つて、生の感覚と結びついてゐたのだが、父の死後そこには味気ない死の影が潜んでゐるやうにおもへた。（中略）彼は学校から戻つて来るとすぐ自分の部屋に引籠《ひきこも》り、もう滅多に誰とも口をきかなかつた。親しい友も持てずただ何か青白い薄弱な気分と熱つぽい憧れに鎖《とざ》されてゐた。

（「昔の店」より）

そして、主人公は家業にも嫌悪の気持ちを抱くようになっていく。

梅津商店の決算が年二回行はれてゐること、それから、その商店の由来、――それは、陸軍用達商として発展して来たのだが、そのことの意味、――それらが静三にはだんだん厭はしく思へだした。

（同前）

文中の「梅津商店」は現実の原商店に対応する。「昔の店」の主人公・静三はこの家の二番目の男子（実生活上では原の次兄にあたる）という設定だが、原の年譜やほかの小説、エッセイなどを参照すると、原自身の少年時代の記憶や心理状態を濃厚に反映していることがわかる。

原の作品は、いわゆる私小説とは一線を画する作風だが、主人公の多くが原自身の投影と考えられることは、研究者たちも指摘している。年譜的事実と書かれている内容がほぼ一致する作品も多い。

物語を構築するのではなく、自身の記憶と感覚を頼りに独特の世界を描き出す原の作品には、内面における重要な出来事――その最たるものが父、姉、妻の死である――が形を変えて繰り返しあらわれてくる。ほとんどの作品が自身の心象の変奏曲なのである。多様性や広がりはないが、そのぶん、透明度の高い湖のような深さがある。

父の死を境に起こった環境の変化が原の精神に決定的な影響を及ぼしたことは、たとえば小説「雲の裂け目」にも描かれている。

だが、それから一年位すると、僕はいつの間にか、あの飛んだり跳ねたりしたがる子供の衝動をすつかり喪つてゐた。父の臨終の時の空気がその頃になつて、ぞくぞくと僕のなかに流れ込んで来た。(中略)そして、僕はもう同じ齢頃の喧騒好きの少年たちとは、どうしても一緒になれなかつたし、学校の課業にはまるで張合を失つてゐた。僕は子供のとき考へてゐた僕とはすつかり変つてゐる自分に面喰ひだした。(「雲の裂け目」より)

広島市立中央図書館に収蔵されている原民喜関連の資料には草稿二十七点が含まれているが、そのうち原稿用紙五枚分がこの「雲の裂け目」の草稿であることを、原の研究者である竹原陽子氏が近年になって突き止めた。草稿の全文は、竹原氏の解説を付して「三田文学」二〇〇八(平成二十)年春季号に掲載されている。

この草稿には、決定稿にはない文章が含まれているが、その中に次のような部分がある。

何といつても父を失つたといふことは子供心に最大の出来事ではあつたし、それから後の何かものに脅えたやうな少年の心や、張合を失つたやうな心の調子が――ながい間私の関心事だつたのだ。それに、父を失つてからの私は、何かこの世に漲《みなぎ》る父性的のものに絶えず威あつされてゐたやうだ。次第にこの少年は人と争ふことも親しむことも好まず内側へ内側へと消え入らうとした。さうして、何時までたつても、一人立の出来ない大人になつてゐた。

（「雲の裂け目」草稿より）

ここに出てくる「この世に漲る父性的のもの」について、竹原氏は「（父の死後、新たに家長となった）長兄を中心に家を統率しようとする封建的な家制度の圧力ではないか」と述べている。

威圧的なものや男性的で荒々しいものを生来苦手とした原は、父の死後、それらに直接さらされることになる。普通ならば、その圧力に抗したり、受け入れたりを繰り返しながら成長していくのだろうが、原はそれができず、「内側へと消え入らうと」する。

父親がもう少し長生きしていたら、やさしい庇護者として幼い目に映った父の、家長として、また経営者としての現実的で厳しい側面を徐々に知ることで、「この世に漲る父性的のもの」と折り合いをつけることができたかもしれない。

だが、十一歳までの目で見た父の像は消えず、その分、原は以後も、男性的な世界への違和感を持ちつづけ、「何時までたつても、一人立の出来ない大人」になってしまうのである。

庇護者としての父

では、原が心に抱き続けた父の像とはどんなものだったのか。

短篇集『幼年画』の中の「不思議」は、小学校入学前の年齢である主人公が、父と二人でI島(厳島のことと思われる)へ行く話である。夏の盛りのことで、兄や姉たちは、おそらくは夏休みの避暑なのだろう、少し前から島に滞在している。そこに主人公と父が一日だけ合流する。『幼年画』全体を通して「雄二」という名を与えられている主人公は、この日、生まれて初めて汽車に乗る。父は雄二を窓際に座らせ、彼が興味をもちそうなものが現れると、そのつど説明してくれる。

「そら、電信棒やら、田が、みんな後へずんずん走って行くだろう」

「そら、今度はトンネルがあるよ」

「今のは短かったね、この次のはもっと長いよ」

「あれがI島だよ」

「そら、あそこに汽船が浮んでるだろう、あの船に乗って行くのだよ」

汽船の中でも、また島に着いてからも、父は雄二の手を引き、さまざまな景色や事物について語り、教える。五重塔を見せ、神馬のところへ連れていき、鹿のそばに行って餌をやる。海水浴場では、浮袋に雄二を乗せて一緒に海に入る。頼りがいのある、やさしい父である。

父を独占し、二人で小さな旅をしたこの日は、主人公にとってすべてが初めての体験であり、緊張とともに幸福感に包まれる様子が伝わってくる。特に目につくのは父の言動の詳細な描写で、主人公に語りかける言葉が、「　」つきで何度も出てくる。まるで原自身が経験した父との時間を作品の中にとどめておこうとしているかのようだ。

同じく『幼年画』の中の一篇である「朝の礫」には、弟の死が描かれている。この作品の中で、父は白い布で顔を覆われた弟の遺体の枕元に座り、「四郎さんよ、可哀相に」と言って眼に指をあてて泣く。

このときの主人公は、実生活で弟の死に遭遇した原と同じく小学校一年生である。実際に亡くなった弟の名は六郎であるが、作品上は「四郎」になっている。前述したように原の長兄と次兄は早世しており、五男として生まれた原は実質的に三男として育った。同様に六男である六郎は四男として育ったので、作品の中で四郎という名を与えたのだろう。

「朝の礫」では、主人公が弟の死に衝撃を受ける様子は出てこない。印象的に描かれるのは、弟の火葬の翌日に主人公が久しぶりに登校し、帰宅したときの父との場面である。

雄二は庭を通り抜け縁側の方から家に上らうとした。と、靴を脱いで上つて来る雄二の体を側から眺めてゐた父が、ふと急に横に掬《すく》つて抱へた。

「大きくなつたね。今日は何といふ字おぼえた」父の目はひどく真面目さうだつた。

「フネ」と雄二は元気よく答へる。

「さうか、その字を書いてみせてくれ」雄二が縁側に指で書くと、父はただ大きく頷いた。

（「朝の礫」より）

初めて人の死、それも身内の死に遭い、火葬場で骨を拾うという経験もした息子。学校から帰ってくるなり、父はその小さな身体を横から掬うようにして抱える。喪った子への哀惜と、生きている子への愛しさ。万感の思いが「大きくなつたね」という言葉にあらわれている。

息子を抱きしめたのは、幼い心が受けた衝撃を慮《おもんぱか》ってのことだろうが、父自身の思いがあふれ出たと見ることもできる。短い描写から、父の子に対する情愛が伝わってくる場面である。

ここに描かれている父は、幼い息子の過敏な性質を理解し、あたたかく受け止める存在だが、それだけでなく、父本人の繊細さも感じさせる。

おそらく実際にあったエピソードではないかと思われるが、それを確かめることはできない。だが少なくとも、原の目に父がこのような人物として映っていたことは確かだろう。

分身としての父

先に引いた、父の死を描いた小説「雲の裂け目」は、中年になった語り手が亡くなった妻に語りかける形で書かれている（草稿には「これは死別した妻におくる手紙の一節である」とある）。

死別した妻の生家に立ち寄った後で自分の郷里に引き上げた「僕」は、実家の土蔵で父の古い手紙を見つける。父が死の半年あまり前、検査のため入院していた大阪の病院から妻（主人公の母）に宛てた手紙で、病名が判明して手遅れかもしれないと医師から宣告されたあとに書かれたものである。

「お前様も漸く一通の見舞状を呉れただけ　その文面にも只驚いたとの事ばかりにて　私の精神とお前様の精神は大変に相違して居るのに今更私も驚く外はない　小児が多くて多

忙ではあらうが毎日はがきなり又二日に一度なり手紙を下さらぬか　病室には只一人で精神の慰安は更にない」
（「雲の裂け目」より）

草稿では、この手紙を発見したとき「夢中でそれをノートに筆記した」「手紙の面白いところにぶつかると、いきなり、それを妻に読ませたいやうな、気持がするのだつた」とあり、手紙の文面は決定稿よりも長く引用されている。

草稿に引かれた手紙文は漢字を多用した候文で、必ずしも整った文章ではないぶんリアリティがあり、実際の手紙を書き写したのではないかと思われる。そして、決定稿では省かれているが、手紙文の引用のあとに「これが五十歳を越した父が母に送つた手紙であらうか、と、私も今更のやうに驚かされるのである。が、これをおまへに読ませたら何といふであらうか」という文章がある。

竹原陽子氏が作成した原の詳細な年譜（岩波文庫『原民喜全詩集』所収）によれば、父の信吉は慶応年間の一八六六年生まれで、親戚筋にあたる商店に奉公に出て、二十八歳で原商店を創業している。原は三十九歳のときの子供である。

五十代にさしかかった立派な大人が、この手紙ではさびしさを訴え、妻に手紙をくれと請うている。普通なら意外に思うところで、原も「今更のやうに驚かされる」（草稿）と書いているが、ここまで見てきた原の描くところの父の像とは自然につながる感じがある。

こうした父の側面に、原は共感するものがあったに違いない。手紙を妻に読ませたいと思ったのは、そこに自分との共通点を見出したからなのだろう。

「雲の裂け目」の草稿には「この手紙でもわかるとほり、やはり父は純真なものをもつてゐたやうだ」との一文もある。当時なら女々しいと言われかねない、子供のような愛情欲求を、原が肯定的にとらえていることがわかる。

原の父は、世智に長けた商人としての才覚と、傷つきやすいやわらかな感受性の両方をもっており、原はその後者を受け継いだのだろう。父の死によって世界が一変したのは、それが庇護者を失うだけでなく、自分に近い資質と感性をもった、分身のような存在を失う出来事だったせいではないだろうか。

たとえば遠藤周作が描写した次のような原の姿は、原自身が描いた父とどこか重なるものを感じさせる。遠藤が原と連れ立って神保町あたりで飲んでいた、戦後まもない頃の情景である。

龍宮は五十ちかい寡婦のおばさんが女手一つで小学生の女の子と男の子を育てながらや

っている店だった。焼酎の壜に鍋物をつけても百円という安い飲店で、よく肥えた文ちゃんという二十七、八の娘がおばさんを手伝っていた。我々は彼女のことをいつか乙姫さんと呼んでいたが家族のない原さんは一人でもよくこの飲屋に姿をみせることがあった。店の隅で一人で黙って酒を飲み、時々初子という小学生の女の子と話をするだけだった。どうしたわけか何時も繃帯を首にまいているほど体が弱いこの子は原さんにひどくなついた。

「原さん、学校で描いた私の絵を見てよ」

「うん、見ようかね」

古ぼけた鳥打帽をかむったまま、原さんは子供の絵を長い間見ていた。子供が飽きて向うにいっても、まだその絵を見ていた。

（遠藤周作「原民喜」より）

四十歳を過ぎた大人と小学生の女の子が、互いの孤独を分け合うようにして飲み屋の隅にいる。そこにはあたたかなさびしさとでもいうようなものが充ちている。

三　楓の樹

楓の樹のやすらぎ

「雲の裂け目」では、父が亡くなって一年ほどした頃から、家の庭の隅にある大きな楓《かえで》の樹が特別な存在に思えるようになったことが語られている。

その樹は恰度《ちょうど》父が死んだ部屋のすぐ近くの地面から伸び上り、二階の窓のところに二股の幹を見せてゐたが、僕は窓際に坐つて、青く繁つた葉の一つ一つの透間《すきま》にしづかに漾《ただよ》ふ影を見とれた。殆《ほとん》どその楓の樹は僕のすべての夢想を抱きとつてくれたやうであつた。幹には父親のやうな皺があつたが、光沢のいい小さな葉は柔かにそよいでゐた。夜もそこに繁つた葉があることを考へると、ひつそりと落着くのだつた。雨の日はしづかなつぶやきが葉のなかにきこえた。僕はその密集する葉をそのまま鬱蒼とした森林のやうに感じたり、霊魂のやすらふ場所のやうにおもつた。

（「雲の裂け目」より）

この楓は、原の生家に実際にあった樹である。父の死後、楓の樹は主人公にとって親しい存在になり、彼は人間よりもむしろ樹に心を慰められるようになる。

楓の樹が父親の死んだ部屋の近くの地面から伸びていることは重要である。「父親のやうな皺」のある幹は大人の男性としての現実的な能力を、「柔かにそよいでゐた」小さな葉は、父が失わなかった無垢な心を思わせる。その両方をもつ樹が、「すべての夢想を抱きとつて」くれるのである。

この頃、中学生になっていた主人公は学校の勉強に興味を失い、同年代の少年たちとも距離を置くようになる。中学時代の原が声を発するのを、教師も級友も聞いたことがなかったという話を序章で紹介したが、実生活ではちょうどその時期にあたる。

やがて主人公は、庭の楓だけではなく、ほかの樹木に対しても親しみをもち、樹を亡き父との媒介としてとらえるようになっていく。

僕は運動場の喧騒を避けて、いつも一人で植物園のなかを歩いた。さうすると、樹木の上の空が無限のかなたにじつと結びつけられてゐるのがわかつたし、樹影の沈黙のなかに秘められてゐる言葉がみつかりさうだつた。それから、ふと樹の枝にある花が僕に幼年の日の美しい一日を甦らせたし、父親の愛情がそこに瞬いてゐるやうであつた。（同前）

少年の日の楓への深い思い。それが後年の創作ではないことは、中学二年生のときに「楓」と題する詩を書いていることからもわかる。

楓

我が窓の側に立つおう楓
楓よ、我が心のどん底まで
　汝一人知る。
楓よ我が今日の悲しみを
　汝一人知る。
楓よ我が胸のさびしさを
　汝一人知る。

たゞ楓《オウカイデ》と我れのみの
　知る喜びと悲みと
さてはなげきとさびしさと
　心の月に曇り行く
我の心は何なるか
　更にくしきは
我が身なり我はそも
　何なるか楓よ知るや
知らざらん、我また知らず人知らず。

この詩は、原が兄の守夫と二人で作っていた原稿綴じの家庭内同人誌「ポギー」の第三号（大正九年十月発行）の中にある。
十四歳の原はこの詩の中で、自分の奥底にあるものを知っているのは楓だけだと書いている。そして自分はいったい何者なのかを楓に問うている。それは楓を媒介とする亡き父への問いかけではなかったか。

長じて作家になってからも、原は懐かしさや憧れ、自由といったイメージを樹木に託して描いている。やがて原の作品には、親しい死者と自分を仲立ちするものとして樹があらわれてくるようになる。

かけかへのないもの

かけかへのないもの、そのさけび、木の枝にある空、空のあなたに消えたいのち。
はてしないもの、そのなげき、木の枝にかへつてくるいのち、かすかにうづく星。

これは妻の死の前後を綴った十八篇からなる散文詩集「小さな庭」の中の一篇である。「小さな庭」は「三田文学」の一九四六(昭和二十一)年六月号に掲載されたが、末尾に「一九四四――四五年」とあり、妻が亡くなった一九四四(同十九)年から翌年にかけて書かれたものであることがわかる。

この詩には限りない悲傷があるが、同時に、悲しみそれ自体が慰めであるような、不思議な救いの感覚がある。いのちは「空のあなた」に消えるが、それは「木の枝にかへつてくる」のである。

そして、広島での被爆体験をへた戦後、一節一節が祈りであるような作品を原は書く。「自分のために生きるな、死んだ人たちの嘆きのためにだけ生きよ」というフレーズが何度もリフレインされる「鎮魂歌」である。樹はそこでも描かれる。

僕は僕の向側にゐる。樹木があつた。僕は樹木の側に立つて向側を眺めてゐた。向側にも樹木があつた。あれは僕が僕といふものの向側を眺めようとしだす最初の頃かもしれなかつた。少年の僕は向側にある樹木の向側に幻の人間を見た。

（「鎮魂歌」より）

原にとって樹木は、幽明の境を越えて亡き人と邂逅できる場所だった。この世のすべての樹に特別な意味を与えたのは、父との死別であり、その父を象徴する楓だった。

八月六日の楓

この楓を詠んだ俳句もある。

原は上京して慶應大学文学部予科に入学した頃から俳句を作っていた。遺品のノートには、一九三五（昭和十）年から一九四五（同二十）年までの句が整理して記されている。その分類と配列に従って、『定本　原民喜全集』に「全句集」として収録されているが、その「昭和二十年」の項に次の句がある。

戦慄のかくも静けき若楓

昭和二十年という時期と戦慄という語から、つい原爆を連想してしまうが、原がこの句を作ったのは被爆する前のことである。義弟の佐々木基一によれば、昭和二十年の初夏、疎開先の岩手県で受け取った葉書の末尾にこの句が記されていたという。

昭和二十年の初夏といえば、前年の九月に妻が死去し、夫婦で暮らしていた千葉市から広島の生家に戻ってきて数か月たった頃である。

このとき原が広島への原爆投下を予測していたはずはない。だが、日本の各都市に空襲が続く中、無傷であった広島の静かさに不穏なものを感じ取っていたのかもしれない。

佐々木はこの句について、「そこには、柔らかな新緑の葉をつけて静まりかえっている楓の樹にたいする無限の懐しさと、やがて間違いなく訪れるであろう壊滅の予感とが同時にこめられていて、しかも、壊滅の予感に戦く心が一そう楓の樹にたいする懐しい思いをかきたてていいるさまが、はっきり読みとれるのであった」（『定本 原民喜全集』第二巻解説）と書いている。

そして、佐々木が言うところの「壊滅の予感」が現実になる日がやってくる。原爆が投下されたとき、自宅は倒壊を免れたが、まもなく近隣から火が出て、原は家を捨てて逃げ出さなければならなくなる。「夏の花」にはその場面が描かれているが、楓はそこにも登場する。


隣の製薬会社の倉庫から赤い小さな焰の姿が見えだした。いよいよ逃げだす時機であつた。私は最後に、ポツクリ折れ曲つた楓の側を踏越えて出て行つた。

その大きな楓は昔から庭の隅にあつて、私の少年時代、夢想の対象となつてゐた樹木である。それが、この春久振りに郷里の家に帰つて暮すやうになつてからは、どうも、もう昔のやうな潤ひのある姿が、この樹木からさへ汲みとれないのを、つくづく私は奇異に思つてゐた。不思議なのは、この郷里全体が、やはらかい自然の調子を喪つて、何か残酷な無機物の集合のやうに感じられることであつた。

（「夏の花」より）


折れ曲がり、無惨な姿をさらす楓。その「楓の側を踏越えて出て行つた」というのは、父が建て、父と暮らし、そのおかげで命が助かった家との決別として象徴的である。

原爆文学の名作として名高い「夏の花」は、簡潔そのものの文体で書かれている。余計な話は出てこないし、感傷的な表現もない。その、ぎりぎりまで切りつめた叙事詩のような作品に、少年時代の楓の挿話を書き込んでいるところからも、原にとって楓の存在がいかに大きかったかがわかる。

原は避難するときに持ち出した雑嚢の中にあった手帳に、被災したときの状況を記しており、これを参照しながら「夏の花」を執筆した。「原爆被災時のノート」と呼ばれるメモである。原爆が落ちた瞬間から家を出るまでの記述は手帳の一ページ半、文字数にして二〇〇字に満たない短いものだが、そこに「倒レタ楓ノトコロヨリ家屋ヲ／踏越エテ泉邸ノ方へ向ヒ／栄橋ノタモトニ出ズ」との一文がある。

この部分は、被災翌日の八月七日に、避難先の東照宮（広島駅北側の二葉山中腹にある神社）の境内で書かれた。原爆投下からこのメモを書いたときまでに、原は多くの凄惨な死を目撃している。一日目は河原で、二日目はこの境内で野宿しており、精神的にも肉体的にも厳しい状況だった。そうした中で鉛筆を握ったとき、普通なら些末なことであろう庭の一本の樹のことを、原は書きとめずにいられなかったのである。

原が見た「倒レタ楓」は、懐かしい樹の最後の姿だった。九月になって、原は避難していた広島近郊の八幡村(現在の広島市佐伯区八幡)から自宅を見に戻る。自宅は全焼し、庭のあったところには焼けこげた木々の残骸が転がっていて、どれが楓なのかを見分けることはできなかった。

四　姉の死

母親との関係

父親と原との関係を見てきたが、では母親との関係はどうだったのか。

母の思い出を描いた数少ない作品が「母親について」というエッセイである。「尋常一年生の時の読本にオカアサンという一課があつた。おかあさんは僕が赤ん坊の時からお乳を飲ませて育てて下さいました――ということが書いてあつたと記憶する」という一文から書き出され、先生から指名されてこれを読まされる男の子たちが「みんな一ように何か恥かしそうに、そうしていくぶん感傷的な、遥かなものを追うような顔つき」をしていたことが語られる。その気持ちが感染して、母親の乳房にある小さな赤いほくろをひそかに憶い出した、という文章に続けて、こんな思い出が綴られる。

だが、そのことよりも、もつと私にとつて、生々しく切なかつた感覚は、父兄会にやつてきた母の顔を、運動場の方からチラと一目見た時のことである。一年の私たちが運動場に整列したまま立つていると、廊下の方を先生に案内されてぞろぞろよその父兄が通るのが見える。やがてそのなかに私の母の顔がチラと見えた。ハッとして私は何か熱いものが全身にたぎるような気持だつた。あのようにふしぎで新鮮な感動というものをその後私は知らない。もし仮りに、私が十年相まみえない愛人があつて、その人と久振りに出会つたとしても、あれほど新鮮なおどろきにはならないだろう。

（「母親について」より）

いつも身近にいて文字通り肌感覚で知っている母親を、外の世界で目にしたときのはっとする気持ち。それは、母に対する愛情が突然くっきりとした輪郭をもったことの衝撃であると同時に、母との一体感が崩れ、自立を強いられることへの、一種悲劇的な予感でもある。

誰もが思い当たるであろう、幼年期から少年期への移行にともなう感情だが、原は記憶の中からそれをすくいあげ、あざやかに文章に定着させている。

「母親について」には、このあと、次のような文章がある。

私は母親の乳房にあつた、赤い小さな、ほくろはおぼえているが、離乳の悲しみははつきり憶い出せない。すぐ下に弟があつたので、おそらく早期に離乳したことであろう。兄弟姉妹の多いなかで育つた私は、母親の愛を独占することはできなかつた。まだ小学校へ上る前のこと、ある日、母は私を背に負つてくれて、「あなたがひとり子だつたら、こうして毎日可愛がつてあげるのに……」といつた。その言葉で、私は何か非常に気持がすつきりした。これは私の生涯において母が私にくれた唯一のラブレターだつた。私は幼にして母の愛の独占ということは諦めた。（同前）

子供らしい素直な愛情を母に抱いていたことがわかるが、人一倍過敏で神経質だった原は、密着し、甘え、愛情を独占できる、父親とはまた違った母性的な庇護者を欲していたことだろう。ここに書かれているのは、それを断念した経験である。

親の愛情を百パーセント享受した実感をもって大人になる者はめったにいない。多かれ少なかれ、誰もが寂しさを感じながら成長していくものだが、世の中にはそのときに満たされなかった子供のような愛情欲求をそのまま抱えて大人になる者もいる。

入院中に妻が手紙をよこさないことを寂しがり嘆いた原の父もまた、そうした面をもっていたのかもしれない。決定稿では削除されているが、「雲の裂け目」の草稿に引用されている妻への手紙では、その冷たさに「御前様がその様の心で居れば大に考へる事もある」とまで父は書いている。

母親が子供に注ぐような、包容力のある絶対的な愛情を、原は大人になってからも求め続けた。それを与えてくれたのが、後年結婚した妻である。だから死後も彼女は原の支えであり続けたし、妻という死者のいる場所は、美しく甘美な「向こう岸」として原の意識の中に存在することになった。原の作品に実際の母親の像はあまり登場せず、母のイメージが仮託されているのはむしろ妻のほうである。

聖別される死者

先に引いた「母親について」の中の、母の愛を独占することを諦めたという文章は、以下のように続く。

だが、私には私をもつとも可愛がつてくれる一人の姉がいた。この姉は私が十四の時死んでしまつたが、この人から私は一番決定的な影響を受けているようだ。母は六十二歳で十三年前に死んだ。母親についていえば、世間並の母という以上にとりたてていうほどのこともないが、姉の方は私にとつて、今でもやはり神秘な存在のようにおもえる。二十二歳で死んだ若い姉の面影がほとんど絶えず遠方から私に作用しているようだし、逆境や絶望のどん底に私が叩き落されるとき、いつも叫びかけたくなるのはその人だ。　　（同前）

母について「世間並」「とりたてていうほどのこともない」としているのに対し、姉については「神秘な存在」「絶えず遠方から私に作用している」と書いている。

長じてからもずっと、その面影を原が大切に心に抱き続けていたこの姉は、八歳年長だった次姉のツルである。父が亡くなった翌年の一九一八（大正七）年六月、腹膜結核のために死去した。すでに嫁いでおり、姓は金桝《かねます》といった。文中に二十二歳とあるがこれは数え年で、満年齢ではまだ二十一歳である。同じく原は満年齢で十二歳、その年の三月に広島師範学校附属小学校の尋常科を卒業し、広島高等師範学校附属中学校（現在の広島大学附属中学校）を受験したが不合格となり、やむをえずいままで通っていた小学校の高等科に進んでいた。

受験の失敗は原にとって大きな打撃だった。翌年、附属中学校に合格するが、それまでの一年間は失意と屈辱の中で苦しい思いをした。そんな中で、幼い頃からかわいがってくれた姉を喪ったのである。

幼い時から僕はこの姉が一番好きだつたし、僕はこの姉から限りない夢を育てられたやうな気がする。子供の僕は姉が裁縫してゐる傍で不思議なお伽噺をうつとりときき𥁕れたものだが、姉が嫁入したときのことも僕には何だかお伽噺のやうにおもへる。お伽噺の王女のやうに幸福さうだつた姉がほんとに死んでしまつたのだ。死んでしまつたといふことも僕にはだんだん美しい物語のやうにおもへた。二階の窓を夕日が赤く染めてゐる時、僕は遥かな遥かな世界を夢みてゐる少年であつた。

（「魔のひととき」より）

ここに引いた「魔のひととき」は一九四九（昭和二十四）年に発表された小説で、亡き妻に語りかけるかたちで書かれている。幼い原と姉の間にどのような空気が流れていたかがよくわかるが、これを書いたときの原は四十歳を過ぎており、その年齢の作家が実の姉を「お伽噺の王女」になぞらえるというのは、少年時代の回想とはいえ、そうあることではない。若く美しいまま亡くなった姉に、原がある種の聖性を付与していたことがわかる。

この「お伽噺の王女」という表現の原点は、姉の死から五年後の一九二三（大正十二）年に、謄写版刷りの同人誌「少年詩人」七月号に寄せた「車の響」と題する散文詩にある。

姉の死をテーマにしたこの詩の中で、十七歳の原は、病院に見舞いに行ったときの姉の姿を「病んで居ても瘦《ママ》れた様には見えません」とし、「姉を美しいと考へるのはなんとなく恥かしく気がとがめるのでしたが総々《ふさふさ》した髪が頬に浮ぶ人懐つこい表情や太い白の腕を眺めると私は病気でねて居る姉を世にも幸福な御伽噺の姫君になぞらへて見ました」と書いている。

原はこの「御伽噺の姫君」のイメージを持ち続け、二十六年後の「魔のひととき」で「お伽噺の王女」と書いたのである。

聖性の付与と書いたが、愛する死者をいわば〝聖別〟することを生涯を通じて行ったのが原という作家である。それは、父と姉、のちには妻という、かけがえのない愛情の対象をみな喪ってしまった原が、脆く繊細な心を支えるために行った文学的営為といえるかもしれない。

原は通俗的なものを嫌ったが、それは彼が世渡りどころか、他人とのごく普通の付き合いさえできなかったことにも関係していたと思われる。「群像」の大久保房男は、「原民喜氏のこと」の中で、原には「ほんの少しの俗智もなければ俗才のかけらもな」く、世間話や日常のちょっとした挨拶、してもらったことへの礼を言うこともできなかったので、他人から誤解されかねなかったと書いている。この世は原にとって俗っぽく生きにくい場所であり、それゆえに死者を穢れのない存在に格上げした面もあるだろう。

十七歳で書いた「車の響」には「やつぱり姉さんがあのまま消えたとは想へません。何処かに姉さんは存在して居て再び私と巡り合ふと想はれるのです」という一節がある。そして二十六年後の「魔のひととき」では、「姉の澄んだ眼は、彼女がこの世のほかに、もつと遥かな場所――そんな場所をお前もどんなに熱心に求めてゐたか――を疑はない眼つきだつた」「僕は、眼もとどかない遥かなところで、お前と僕の姉との美しい邂逅を感じることが出来るやうだ」と書いている。

この世とは別の場所があり、そこで愛する人ともう一度出会うことができる――姉と死別したときに抱いたそんな考えを、原が最晩年まで持ち続けていたことがわかる。

原が死後の再会を信じるようになったのは、聖書を熱心に読んでいた姉の影響である。入院していた病院に見舞いに行った原に、姉は創世記やアダムとイブの物語を語って聞かせた。姉が持っていた聖書は、原が形見として受け取っている。地上的な価値観とは別の世界があると姉に教えられたことは、その後の原の人生に大きな影響を与えることになった。

家庭内同人誌「ポギー」

父の死から半年後の一九一七(大正六)年八月、原は次兄の守夫と同人誌「ポギー」を始めた。

十二歳になる少し前のことである。同人誌といっても原稿を綴じただけの家庭内の回覧誌で、文学好きの守夫が弟を誘って始めたものだった。

原はこの創刊号に「思ひ付き」「イック島旅行日記」など六本の短い原稿を寄せているが、まだ小学六年生とあって、いずれも作品と呼ぶには稚《おさな》いものである。翌月には二号目が作られたが、これは現存しない。

三号目が作られたのは三年後の一九二〇（大正九）年十月で、この号に原は、先に引いた「楓」を含む九篇の詩と二篇の散文を寄せている。原はもうすぐ十五歳になるという時期で、文章はかなり大人びたものになっている。

詩の中に「キリスト」と題されたものがあり、姉から譲り受けた聖書を読んでいたことが推測される。このとき、姉の死から二年がたっていた。

キリスト

ある晩大きな月が出た。
出たと思ふともう消た。

たつた一寸の間でも
月見た時の心持は
消えない消えない

三号の翌年に作った四号には、「槌《つち》の音」という短篇小説を寄せている。主人公の省三は元小学校教員で、大酒がたたり中風をわずらってから三年になるという設定である。手足が自由にならず、口もきけない省三の命はもう永くない。

自宅で病臥している省三は、昼間は寝ようとしても三十分おきに目がさめてしまうが、近所の石屋がコトコトと槌で石を叩く音が聞こえてくると、いつしか眠りについている。あるとき省三は、隣室の諍いの声で目をさます。妻と郵便局に勤める娘が、生活苦から金銭のことで言い争っているのだ。

女二人の会話が長々と綴られたあと、「省三は目を開けて空間を見て居たが彼等の話は聞いたか聞かぬか解らない顔附で居た。そしてまもなく槌の音と共に彼の寝呼吸がかすかに響いた」という文章で小説は終わる。拙くはあるが、小説としての体は一応なしている。末尾に「大正拾年一月作」とあるので、原はこれを十五歳で書いたことになる。

この小説の冒頭には、新約聖書のマタイ伝からの引用（「汝等天空の鳥を見よ。稼《まく》ことなく穡《かる》ことを為《せ》ず倉に蓄ふることなし。然るに天の父は之を養ひ給へり……」）があり、前年の三号に寄せた詩「キリスト」と同様、当時の原が聖書を読んでいたことが見てとれる。ちなみに兄の守夫は、同志社大学経済学部に在学中の一九二二（大正十一）年六月、十九歳のときに同大学の総長だった海老名弾正から洗礼を受け、クリスチャンになっている。

原は後年、二十九歳のときに掌篇集『焰』を自費出版するが、その表題作「焰」は、中学受験に失敗したばかりの主人公が、キリストの愛について教えてくれた姉の死に遭う話である。主人公はその前に父も喪っていて、「つぎつぎに死ぬる、死んでどうなるのか」と虚無的になり、姉が教えてくれた天国のことも以前のようには信じられなくなるのだが、「槌の音」にも、「彼が肉体が死によつて消されたら彼の霊魂はどうなるだらう」という、ほぼ同じ意味の一文がある。十五歳のときに抱いた思いを原が忘れていなかったこと、また、習作を書きはじめたときから一貫して死の問題が切実なテーマだったことがわかる。

姉の影響で、少年時代の原はキリスト教に心をひかれたが、教会に通った形跡はなく、生涯、特定の宗教に帰依することはなかった。ただ、姉が語った、この世のほかにもっとはるかな場所があるという考えは、深く胸に刻まれて消えることがなかった。

原家の家庭内同人誌は、「ポギー」を四号まで発行したあと、「せれなで」「沈丁花」「霹靂」と誌名を変えながら一九二九(昭和四)年まで続いた。途中から他のきょうだいも参加している。家の中で回覧誌を作り、それが断続的にではあるが十二年間も続いたことからは、原家の文化的土壌の豊かさがわかる。その中心になっていたのは守夫で、年齢が近く仲のよかったこの兄の蔵書を読み、原は多くの文学作品に触れることになった。守夫は原の文学への目覚めをうながした重要な存在だったといえる。

文学という回路

中学校時代の原は、序章で紹介した友人の長光太の文章にあるように、誰ともまったく口をきかず、教練や体操では決められた動きができずに教師や生徒からなぶり者にされた。登下校の道でも、悪童たちが原に声を出させようとしていたずらを仕掛け、からかったり脅したりした。

それが毎日続いても、原はじっと目を伏せ、聞こえないふりをして耐え通し、無言をつらぬいた。そのかたくなな内向が解かれはじめるのは、五年生に進級し、文学仲間と交わるようになってからである。

「ポギー」四号に「槌の音」を書いた翌々年の一九二三(大正十二)年、原は附属中学校の五年生になる。中学四年まで修了すれば大学予科の受験資格を得られたため、原はほとんど学校へ行かなくなった。同級生の熊平武二が、謄写版刷りの同人誌「少年詩人」に原を誘ったのは、その年の春のことである。この同人誌を通じて原と親しくなった長は、熊平が原を勧誘してきた日のことを、次のように回想している。

その時たしか、北向きの廊下に謄写版をすえて、たぶん「少年詩集」を刷っていた。その時、勝手に階段をかけあがる足音がし、その足使いの癖でそれとわかる熊平武二が、いつものようにばたばたと現われざま、立ちはだかってやったぞという風な声をあげる。原民喜が詩稿をよこすで、と得意そうにいう。初耳の名なのであっけにとられて、問いかえしたと思う。上気して喋りつづけるのをまとめるとこんなことであった。下校の道すがらたまたま原民喜を見つけたけん、思い切ってはじめて声をかけてみたんよ、あんなは慌ててこそこそ小走りになって、前かがみに逃げる、追いついて並んで歩いてしいて声をかけ、こんど出す「少年詩人」のことを話してから、しつこく作品をくれとたのんだら、原民喜がうなづいたんよ。念をおしたら低い声で、うんと返事をしやがった、あんなの声を聞いたのは学校中であしがはじめてじゃ、まずこんなだったろう。なにしろ古いことだ、しかしかんじんのところは外れてはいまい。

（長光太「三十年・折り折りのこと」より）

長は原より二歳下で、原や熊平とは別の中学校（広島県立広島第一中学校）の生徒だったが、このとき熊平と一緒に「少年詩人」を創刊しようとしていた。

熊平が原を熱心に誘ったのは、原の文才が学校内で知られていたからだろう。小学生のときから原は作文が得意で、学校だよりに掲載されるなどし、中学に進んでからも国語と作文は傑出していた。熊平は、中学一年のときに原がクラス会誌に「絵そら琴をひく人」という筆名で発表した小説を読んでいた。詩を書いていることも知っていたのかもしれない。

自分たちの同人誌に原の詩を載せることができるというだけで「やったぞ」と声をあげる熊平のような少年が近くにいたのは、原にとって幸運なことだった。こうして、この年の五月に出た「少年詩人」の創刊号に原は詩を寄せ、四号まで続けて寄稿することになる。「少年詩人」の同人は、熊平、長、銭村五郎で、原はこの三人と親しくなった。文学を介してようやく、原の世界は外に向かって開かれはじめたのである。

原はこのあと、いくつか同人誌に参加することになる。もっとも深くかかわったのが、戦後の一時期に編集もつとめた「三田文学」だが、原の生涯を見渡してみると、自分の意志で所属したコミュニティは、そのすべてが同人誌であったことに気づく。文学は原が世界とつながることのできた最初の、そして唯一の回路だった。

「少年詩人」には寄稿するだけで同人にはならなかった原だが、現在わかっているだけで十三篇の詩をこの雑誌に発表している。そのうちの一篇が、先に紹介した、死んだ姉をお伽噺の姫君になぞらえた「車の響」である。

ほとんど登校しなかった中学五年生の一年間、原は読書に耽溺する時間を持つことができた。特に熱心に読んだのは、ゴーゴリ、チェーホフ、ドストエフスキーなどの十九世紀ロシア文学である。フランスのバルビュス、ヴェルレーヌなども愛読し、国内の作家では、自然主義作家のほか、室生犀星、高浜虚子、宇野浩二、佐藤春夫などを繰り返し読んだ。

本格的に文学の世界に目が開かれていく中、一九二四（大正十三）年、十八歳の原は慶應大学文学部予科に入学する。内向とデカダンスがせめぎ合う、東京での生活の始まりだった。

わたしが望みを見うしなつて、暗がりの部屋に横たはつてゐるとき、どうしてお前はそれを感じとつたのか。この窓のすき間に、さながら霊魂のやうに滑りおちて来て憩《やす》らつてゐた稀れなる星よ。

（「一つの星に」）

II 愛の章

一　文学とデカダンス

原に「一目惚れ」した山本健吉

当時の慶應大学文学部予科は、ドイツ語を第二外国語とするAクラスと、フランス語を第二外国語とするBクラスに分れ、それぞれ四十名から五十名が在籍していた。

原はBクラスに、同じく慶應の文学部予科に進んだ熊平武二はAクラスに所属した。原と同じクラスには、山本健吉（本名・石橋貞吉）、田中千禾夫《ちかお》、蘆原英了《あしはらえいりょう》、瀧口修造、北原武夫、厨川《くりやがわ》文夫、そして原が自死したとき現場に駆けつけた庄司総一などがいた。もっとも親しくなったのは、のちに文芸評論家となる山本健吉である。

山本は、原と初めて会ったときのことをこう回想している。

> 青年のある時期、接する人の顔が一つ一つ俗物に見えてならないころがあるもので十八の歳私が田舎から出てきて慶応の文科に這入ったとき、教室で始めて見る多くの新入生の

顔が一つ一つ俗物に見えた――と言っても、かつてのクラス・メートたちよどうぞ憤慨しないで頂きたい。こちらは未来の文豪を夢見て胸おののかせていた、他愛ない文学青年に過ぎないのだから――。ところでそれらの顔の中で、たった一人、憂鬱そのもののような青白い顔をして、誰ともうちとけず、何時も真黒な風呂敷包を持って教室に出てくる男があって、この私の目に、何となく「天才」らしく映ったのだった。それが原民喜なのだ。

（山本健吉「青春時代の原民喜」より）

誰とも話さず孤立していた原に、ある日、教科書を忘れてきた山本が、見せてくれないかと声をかけた。それをきっかけに二人は話をするようになる。原は芝区三田四国町（現在の港区芝）の金沢館という下宿に住んでいたが、山本の下宿も同じ四国町にあった。二人は急速に親しくなり、やはり近所に下宿のあった熊平を加えた三人で行き来するようになった。

山本は最初に見たときの原の印象を「青白い顔をして、目のかがやいた神経質そうな彼の容貌」「俗物らしからぬ、中に何か持っていそうな顔」（「幻の花を追う人」）と書いている。超俗的な雰囲気をもつ原に、いわば一目惚れしたわけである。

「教室ではいつも彼と並んですわった。もっとも原は、その後もだれにも近づかなかったから、私一人が彼の友情を独占したような恰好になった」（同前）とのことだが、原が級友の誰にも話しかけなかっただけではなく、級友の方でも、山本のほかには誰ひとり原に興味をもつ者はいなかった。

同じクラスの瀧口修造は、在学中から「山繭」に属するシュールレアリスム詩人として知られていたが、教室ではごくひっそりした存在だった。その瀧口よりずっとひっそりしていたのが原で、のちに山本が瀧口と話したとき、彼は、原についての記憶はまったくないと言ったそうだ。

予科三年からのクラス担任は、イギリスから帰国してまもない西脇順三郎だった。原は予科を了《お》えると、西脇が主任教授をつとめていた英文科に進んだが、山本によれば西脇も原を憶えていなかったという。

ダダイズムと抒情詩

知り合った当初、山本が驚いたのは、原と熊平が文学に通暁していたことで、読書でも自分よりずっと先を行っていると思った。

「僕が芥川龍之介を愛読していたころ、彼等は宇野浩二の面白さを言った。僕が啄木あたりを読んでいるころ、彼等は斎藤茂吉を絶讃した。僕がせいぜい藤村詩集をくちずさんでいるころ、彼等は朔太郎や犀星などを発見していた」(「青春時代の原民喜」)と山本は回想している。

原は詩作を続けながら、「杞憂」の号で俳句も作るようになった。また、原が予科に入った年に創立された築地小劇場の翻訳劇を、山本と一緒に毎月のように見に行った。原の好きな女優は山本安英《やすえ》で、没後に残された少数の蔵書の中には、彼女の自伝『歩いてきた道』があったという。

予科二年になる頃からは辻潤を愛読し、アナーキズム思想に大きな影響を与えたドイツの哲学者、シュティルナーの『唯一者とその所有』(辻潤が『自我経』として翻訳)も読んだ。この本が刊行されたのは一九二一(大正十)年で、二年後の一九二三(同十二)年には辻潤が編集した高橋新吉の最初の詩集『ダダイスト新吉の詩』が世に出る。原はダダイズムに傾斜し、一九二五(同十四)年の一月から四月にかけて、糸川旅夫のペンネームで、広島の地方紙「芸備日日新聞」にダダ風の詩を発表している。

翌一九二六(大正十五)年の一月には、熊平武二、早稲田大学第一高等学院に進学して上京していた長光太らと詩の同人誌「春鶯囀《しゅんのうでん》」を始める。同人は、熊平、原、長のほか、広島時代の「少年詩人」メンバー、それに熊平の兄清一と山本健吉が加わった。創刊号は北原白秋が詩を寄せ、表紙は鳥の子紙で本文はノルウェー製のコットンペーパー、挿画は伊上凡骨《いがみぼんこつ》の木版という贅沢なものだったが、資金が続かず四号（同年五月発行）で廃刊となった。原はこの同人誌に、詩のほかに詩評や随筆も寄稿している。

前年のダダ風の詩が「世紀末！／赤い表紙！／ちぎれて腰はぬけ！／ふらふらと自働車《ママ》に乗ると／XからXが運動し／Oになるといふ」（「●X－X－X＝O」）といった調子だったのに対し、「春鶯囀」に発表したのは感傷的な抒情詩で、山本らは「原ためいき」と言ってからかった。たとえば次のような詩である。

机

何もしない
日は過ぎて居る
あの山は
いつも遠い

冬

こはれた景色に
夕ぐれはよい
色のない場末を
そよそよと歩けば

（「春鶯囀」二号より）


どちらの詩も俳句的なイメージの捉え方だと山本は述べている。原は与謝蕪村を好み、日本の詩人では室生犀星、とりわけ『抒情小曲集』を愛していたという。

「春鶯囀」は五月に廃刊になったが、同じ年の十月には、原、熊平、長、「少年詩人」の同人だった銭村五郎、山本の五人で「四五人会雑誌」を始めた。今度は原稿を綴じた回覧雑誌である。これは一九二八(昭和三)年まで続き、計十三冊が作られた。原はこの雑誌に、詩や俳句のほか、五篇の短篇小説を書いている。

予科在学中、このほかに原は家庭内同人誌「沈丁花」および「霹靂」にも作品を寄せている。雷鳴や落雷を意味する「霹靂」という誌名は原がつけたものだという。

「早熟な擬悪家」熊平武二

慶應の予科に進んだ当初の原は、長光太によれば、「まだ中学校時代の恐怖のなかで凍りついていた」（「三十年・折り折りのこと」）。だが文学仲間たちとの交流の中で、少しずつ心身がほぐれていったようだ。長は、それは「ませた少年で遊び好きの気分屋」（同前）であった熊平武二の影響が大きかったとしている。

原民喜（左）と熊平武二（提供：広島市立中央図書館）

熊平は、一八九八（明治三十一）年の創業で、現在も金庫のトップメーカーである熊平製作所の創業者・熊平源蔵の次男だった。原と同じく、地方都市の裕福な家で育った文学青年で、広島師範附属小学校・同高等師範附属中学校から慶應大学へというコースも同じである。一九四〇（昭和十五）年に北原白秋が序詩を寄せた詩集『古調月明集』を刊行、その後は広島に戻って家業に従事した。

長によれば、常識に富んだ一面もあった熊平は、挨拶の言葉も言えないほどの原の世間離れを槍玉にあげ、異常なものの見方を笑って正した。そのおかげで、原は自分を客観視するようになったのだという。

文学的な感化も大きかった。これも長の回想だが、原が「春鶯囀」第一号に寄せた「鶯と鶯」という短文の中で、「東洋の詩は始めて私の眼を開いてくれた」と書いているのは、「少年詩人」の頃すでに李白や杜甫、『唐詩選』を読んでいた熊平の影響だという。熊平は万葉集、芭蕉・蕪村、正岡子規も愛読しており、彼にまくしたてられると、少年たちはたちまち「アララギ」「ホトトギス」派となって、正岡子規、斎藤茂吉、島木赤彦を耽読した。原が蕪村を好むようになったのも、もともとは熊平の影響だった。

一方、予科時代に熊平と知り合った山本健吉は、熊平を「早熟な擬悪家」と呼び、「常に「死の恐怖」を口にし、享楽以外に人生に意義を認めず、怠惰の空気を僕らに撒散らした。原も長も僕もその被害者だと言えるかも知れない」(「青春時代の原民喜」)としている。退廃を衒《てら》う文学青年で、世間智にも長けていた熊平には、同年代の仲間たちをひきつける磁力があった。

山本の回想で気になるのは、熊平が常に死の恐怖を口にしていたという点だ。死の想念とともに幼少年期を過ごしてきた原が、熊平に引き寄せられた理由のひとつはそれだったのかもしれない。

熊平は死の恐怖ゆえに、享楽と怠惰に意味を見出した。「被害者」と山本が書いているように、それは原にも影響を及ぼしていく。

せめぎあう自閉とデカダンス

予科時代の原は、髪を伸ばし、当時五十本入りで四円五十銭したアブダラという高級煙草を吸った。昼間はもっぱら寝ていて夜になると起き出す生活で、銀座に出かけてはヴェルレーヌが愛したというアブサンを飲んだ。

予科二年に進む年の春、原が広島に帰省して留守の間に、三田四国町の下宿に三日ほど泊めてもらった長は、あらゆる種類の外国煙草が、まるで展示するように本立てに並べてあるのを見る。「誇示か示威かとにかく他者に語りかけるものが、この頃から生々と内心にふくらんだにちがいない」と長は書いている（「三十年・折り折りのこと」）。

教練の時間に回れ右もできなかった原だが、熊平と一緒にダンスホールにも出かけた。ある日のこと、長のところに原がこっそりダンスを習いたいと相談に来た。教習所やホールで習うのは恥ずかしいと言うので、長は麻布十番の末広座の女優を紹介した。あとになって、末広座に近い寺の本堂でレッスンを受けたと知って大笑いしたという。

原民喜は本気でダンスをやることにも、自分と世界の回路の回復への挑戦を見ていたと思う。酒も女も劇場もカフェーも、世間智を身につけること、常識と習慣をどうまなぶか、そして自分をのりこえるか、であり、それを一生くりかえしたのだ。

（長光太「三十年・折り折りのこと」より）

家族以外のコミュニティに初めて席を得た原は、自閉とデカダンスのせめぎ合いの中で青春時代を送った。不器用な放埒とでもいうべき軌跡から見えてくるのは、抱えてきた疎外感と同じくらい強い、世界と他者を知ることへの希求である。そのための切ない努力を、原はしたのだった。

昔、僕は人間全体に対して、まるで処女のやうに戦《おのの》いてゐた。人間の顔つき、人間の言葉・身振・声、それらが直接僕の心臓を収縮させ、僕の視野を歪めてふるへさせた。一人でも人間が僕の眼の前にゐたとする、と忽ち何万ボルトの電流が僕のなかに流れ、神経の火花は顔面に散つた。僕は人間が滅茶苦茶に怕《こわ》かつたのだ。いつでもすぐに逃げだしたくなるのだつた。しかも、そんなに戦き脅えながら、僕はどのやうに熱烈に人間を恋し理解したく思つてゐたことか。

（「火の唇」より）

長は予科時代の原と裸で相撲を取ったことがある。その頃の原はもう「凍りついた眼」はしておらず、笑い声も低いなりにたてた。だが話すことはやはり苦手で、言いよどんだり、どもり加減であったりした。電車や汽車、自動車から荷車、自転車にまで異常な恐怖を感じ、車類を見ると緊張したというエピソードはこの頃のことである。

だが酒が入ると原の舌はほどけ、ぎこちないなりに無駄口をきくこともあった。長と飲んでいてしたたか酔い、下宿を締め出されたとき、原は怖れる風もなく電柱を登り、自分の部屋の窓に取りついて中に入ったという。「酒がはいると舌も手足も自在になるということは、すべての原因が心にあって、その凍傷で回路が断たれたのであろう」（「三十年・折り折りのこと」）というのが長の見立てである。中学時代に教練や体操がまったくできなかったのは、身体能力が劣っていたからではなく、心の問題だったというのだ。

同じようないきさつで、宿をかりたことがあるが、その夜明かしの話でたがいに、その幼児期の心の破傷のことを考えあった。原民喜が上気して熱心にうなづく、窓が白んでから蒲団にもぐったが、このときから原民喜は見ちがえるほど打ちとけるようになる。原民喜の幼少年期に鍵があるのだ。

（同前）

長の言う「幼児期の心の破傷」とは、自分をもっとも愛してくれた父と姉を喪ったことである。

原の幼少年期は、はたから見れば決して不幸なものではない。裕福さは言うまでもないし、家庭内に不和のあった形跡もない。教育環境にも恵まれていた。だが人間の心に傷をもたらす出来事は、他人との比較でその軽重を量れるものではないし、一般化もできない。

持って生まれた病的なまでに細く過敏な神経は、愛する肉親の相次ぐ死によって傷つき、中学時代の、現代ならいじめと呼ばれるであろう級友や教師からの仕打ちでさらに凍りついた。東京での文学仲間との交流はそれを少しずつ溶かしたが、その後の左翼運動への参加と挫折、身請けした女性からの裏切りなどをへて、人間不信はむしろ強まっていく。原が心底くつろいで息をつくには、妻となる人との出会いまで待たなければならなかった。

二　左翼運動と挫折

日本赤色救援会

原が左翼思想への関心を深めていったのは、予科の三年だった一九二六(大正十五・昭和元)年、二十歳から二十一歳にかけての時期である。この頃から、長光太や山本健吉とともにマルクス主義の文献に接し始める。

川西政明『一つの運命――原民喜論』(昭和五十五年)によれば、この時期に彼らが読んでいたのは、ブハーリンの『共産主義のABC』、プレハーノフの『史的一元論』、レーニンの『資本主義最後の段階としての帝国主義』などだという。

この年、原は昼夜逆転の生活がたたって出席日数が足りず、順調にいけば翌年に学部へ進むはずが、留年することになった。その翌年も留年し、原は結局、予科に五年間在籍することになる。

慶應大学文学部英文科に進んだのは一九二九(昭和四)年のことで、この年から一年半ほど、原はR・S（Reading Society）やモップルの活動に参加する。R・Sとはマルクス主義文献の読書会で、文献を読み合うだけではなく宣伝活動なども行う、初歩的な左翼組織である。モップルは、弾圧された革命活動家に対する救援を目的とする国際組織のロシア語名称である。一九三〇（昭和五）年、それまで日本における解放運動の犠牲者の救済活動を行っていた解放運動犠牲者救援会がこれに加盟して日本赤色救援会と改称、こちらも一般にモップルと呼ばれた。

原が所属したのは日本赤色救援会の東京地方委員会城南地区委員会である。山本健吉も同じく城南地区委員会に所属した。山本は原よりも深く組織にかかわっており、一九三〇（昭和五）年十月から城南地区委員長も務めている。原の活動内容の詳細は不明だが、下宿の部屋を会合に提供し、連絡活動なども行っていたようだ。

一九三〇（昭和五）年十二月、原は日本赤色救援会の本部にいた慶應の学生、小原武臣から、広島地区でのオルグ（組織拡充のための勧誘活動）の指示を受ける。

原は広島に赴き、翌一九三一（昭和六）年一月上旬、胡川清という人物に会って、日本赤色救援会の広島地区委員会を組織するよう求めた。同意した胡川は広島で活動を始めるが、四月に検束され、前後して原も東京で検束された（山本健吉も前年十二月に検束されている）。

原は短期間で釈放されたが、胡川は未決のまま一年十か月間勾留されたのち、執行猶予で釈放されている。胡川の裁判の予審廷には原も呼ばれ、喚問を受けた。この経験をきっかけに原は日本赤色救援会を離脱、運動を断念した。

左翼運動にかかわっていた一年半は、原の人生の中で、社会に向かって能動的に働きかけた唯一の時期である。だがこの時期について本人はほぼ何も書き残しておらず、周囲にも語っていない。

原の作品の主要なテーマは、子供時代の回想、妻との死別、被爆体験の三つであると前章で書いたが、青春時代のことはすっぽり抜け落ちている。原の左翼時代については現存も不明な部分が多いが、それは原が沈黙をつらぬいたためである。

沈黙の理由は何なのか。それはおそらく、左翼運動での体験が原を深く傷つけたことだろう。内向的だった原が左翼運動に身を投じたのは、昭和初年代の学生の多くが左翼思想に傾いていった時代背景に加え、新興資本家階級に属する家に生まれ育ったことへの罪悪感があったという指摘がある。

たとえば原から家業への複雑な思いを聞かされていた大久保房男は「陸軍御用達だったことに、絶えずコンプレックス持っていて、それに自分のところの工員たちの搾取の上に自分は慶応にいってのうのうとやってたと原さんは考えていて、それが左翼運動を始めた根本的な心情じゃないか」(『定本　原民喜全集』別巻所収「鼎談　原民喜」)と述べている。

当時の原の心情は推測するしかないが、少なくとも、解放運動によって弾圧を受け、犠牲になった人たちを救うという理念に共鳴したことは確かだろう。だが、いくら理念や理論に惹かれたとしても、実際の運動では、密告や裏切り、暴力が日常茶飯事である。こうした世界に原の神経は耐えることができなかった。

また、この頃から公安筋の追及は過酷さを増し、原が運動から離脱した二年後の一九三三(昭和八)年には、留置されていた築地署で小林多喜二が虐殺されている。原が勾留された期間は短かったと思われるが、彼の性格からして、それは相当な苦痛と恐怖をともなうものだったろう。

挫折と人間不信

左翼時代の原の姿は、同じ城南地区委員会で活動していた山本健吉の回想から、わずかではあるが見えてくる。

山本は、原との交友を振り返ったエッセイ「幻の花を追う人」の中で「私はときどき三田通りで、例の前かがみに顎《あご》を突き出し、真剣な表情で如何にも運動神経の畸型な風の歩き方で、私と会ってもそ知らぬ風に行き過ぎるのに出会った。それは彼が街頭連絡をするところの図であった」と書いている。

原が没した四年後の一九五五(昭和三十)年に書かれたこのエッセイには、当時のことはごくあっさりした記述しかなく、原と自分が日本赤色救援会で活動したことにも触れていない。だが、原の死から四半世紀以上をへた一九七八(昭和五十三)年には、もう少し具体的に当時のことを書いている。

私は原民喜を、救援会の仕事には引き入れなかった。人との応待がろくに出来ない彼に、そんなことが出来るとは思わなかったからだが、彼の部屋を時たま会合の場所に借りているうちに、氷室が彼にレポートの連絡係をやらせたらしい。私には無断でやったことだった。

ある日、原が、文書のはいっているらしい風呂敷包みを片手に、真剣な顔で脇目もふらず、三田通りを歩いているのを、反対側の歩道から見かけた。あぶないなと思った。後に彼は帰郷のおり、広島への連絡を氷室から言いつかって、あちらでつかまったという説があるが、私は聞いたことがない。

（「読売新聞」昭和五十三年十月二十一日夕刊「往時渺茫《おうじびょうぼう》」より）

文中の「氷室」とは、広島地区でのオルグを原に指示した慶應の学生、小原武臣のことである。原が検束されたのは広島だと山本は聞いていたようだが、実際には東京であった。これを突き止めたのは『一つの運命――原民喜論』の著者・川西政明氏で、原にオルグされ広島地区委員会を組織するために動いて検束された胡川清に直接会って確認している。

胡川は川西氏の取材に応えて、警察の尋問でも予審調書でも原のことをありのままにしゃべったと語ったという。原が検束されたのは胡川の線からだったのだろう。当時原は、組織だけではなく人間に対する不信も抱いたはずで、左翼運動で受けた傷は、この人間不信がもっとも大きなものだったかもしれない。

山本は原よりも深く活動にかかわっていたと書いたが、ここに引いた文章からも、組織の中で原より上のポジションにいたことがわかる。二人の友情の形は、左翼運動をへる中で、予科時代とは違ったものになっていった。

山本は原が離脱したあとも、中央委員会の常任委員となって活動を続けた。それがいつまで続いたかは不明だが、川西氏は前掲書の中で、一九三三（昭和八）年頃ではないかと推測している。

一方、長光太は、原の左翼運動への参加についてこう書いている。

R・Sやモップルの活動は、原民喜にとってさらにもうひとつの「出口」、世界への回路の回復への志向であり、自分の克服の道であったろう。モップルの城南地区委員会はほとんど原民喜の部屋でひらかれたが、当時それは危険な行動である。

（長光太「三十年・折り折りのこと」より）

長が述べているように、原が左翼運動に身を投じたのは、自己変革を求めたためでもあったのだろう。だがそれを成し遂げる強さはなく、長の言うところの「世界への回路」も「自分の克服の道」も閉ざされた。

検束をへて運動を離脱した翌年の一九三二（昭和七）年、原は大学を卒業した。卒論は「Wordsworth（ワーズワース）論」、卒業時の年齢は二十六歳である。

予科と学部を合わせて八年間に及んだ原の大学生活は終わった。原は郷里に帰らず、まともに就職もしないまま、東京での生活を続けることになる。

自殺未遂

卒業前、桐ヶ谷に住んでいた長光太のもとを原が訪ねてきた。長の家の二階に住まわせてくれないかというのだ。長は了承し、原と同居することになる。

長は早稲田大学文学部仏文科に進んだがその後中退し、原と会うのは二、三年ぶりのことだった。前年に検束されたことは、「氷室にたのまれて広島へ行ってつかまった」とだけ聞いたという。

卒業後も原に就職のあてはなかった。それでなくても就職難の時代である。広島の縁者にダンスの会の仕事を紹介されて電話をすることになったが、原はまともに話すことができない。電話をかけに行くのにつき合った長が、仕方なく代わりに面談の日時を取り決め、当日も付き添った。

ダンスの会で原にあてがわれた仕事は受付だった。原は真面目に通ったが、部屋に赤い布と黒い布を合わせた暗幕をめぐらせ、昼は真っ暗にして寝ているようになった。昼夜逆転の生活は学生時代からのものである。

そんなある日のこと、長と暮らす家に、原がひとりの女を連れてきた。

目に残ってるのは、原民喜よりひとまわりもふたまわりも太めのうわぜいもある女のひとが、二階の窓のかまちに腰かけた姿である。路地から見た目でも派手な丸顔で、心なし首を傾けて挨拶している。おしろいが濃い。やがて原民喜はその女のひとは本牧のちゃぶ屋からつれてきたのであり、ひとまず二階に暮らすといったようなことを、ぼそぼそと話す。原民喜は立派なことをした子供のように眼鏡のしたの目の輝きを澄ましていた。（同前）

原にはそぐわない風情の女だと長は思ったが、口には出さなかった。「ちゃぶ屋」とは、開港場（外国船が出入りする港。横浜の本牧もそのひとつだった）にあった小料理屋で、船員や外国人を相手に売春が行われていた。原はその女を、相応の金を払って〝身請け〟してきたのである。だが半月もしないうちに、女は姿を消す。いなくなる数日前、長と原が留守をしている間に、男が会いにきていたことがあとでわかった。

原は取り乱すことも泣くこともなく、ひっそりと耐えている様子だった。長も何も聞かずにいたが、ある朝、天井板を通して二階から不自然に大きないびきが聞こえてきた。

長は階段を駆け上がり、暗幕のせいで日が昇っても暗い部屋の電灯をつけた。原の片頬や顎、枕とそのまわりに、生乾きの白い液が広がり、カルモチン（睡眠薬）の壜が転がっていた。飲んだ量が多すぎて吐いてしまったのだ。長に揺り起こされて目を覚ました原は、このことは一生誰にも言わないでくれと、低い声で頼んだ。

心に傷を残したに違いない出来事だが、原はこの件について何も書き残しておらず、長以外に語った形跡もない。この自殺未遂は、相手の女性を愛していたからというより、恥ずかしさや自己嫌悪、そして、左翼運動に挫折して以来の人間不信が募ってのものだったと思われる。原のように、自分自身とその周囲のごく狭い世界をモチーフに書く作家なら、検束や自殺未遂といった体験を何かの形で作品化するほうが自然だが、原はこの二つの出来事について、生涯何も書かず、語らなかった。

上京後、世界を広げ他者を知ろうと悪戦苦闘してきた原だったが、左翼運動においても、また女性とのかかわりにおいても、切り開こうとした外界との回路は断たれ、内向と自閉へ戻っていく。

『定本 原民喜全集』に収録された鼎談での大久保房男の発言を先に引いた。この鼎談は大久保、佐々木基一、遠藤周作で行われたが、原の左翼時代を知らない三人は、彼が日本赤色救援会で活動していたことに一様に驚いている。

遠藤　しかし、原さんをオルグに広島まで出すというのは……。

大久保　考えられないねえ。

遠藤　だって人と接触するのがいちばん嫌いな人だったから。

大久保　佐々木さんはご存じだったんですか、それを。

佐々木　左翼運動やってたこと？　いや、ぜんぜん知らない。

大久保　それは結婚前で、結婚してからはそういうことないわけでしょう。

佐々木　そうそう、もうその前にやめてたわけだ。死後になって、分ったわけだけども。

（中略）

大久保　ただ、役に立ったかどうか。胡川という人にオルグとして働きかけて、入れたわけでしょ。ともかく原さんが一つ実績をあげてるわけだが、ちょっと信じられない。

遠藤　そうですね。この年譜を見ると、救援オルグとして同大学生原民喜を命じた、って書いてあるから、ものすごく活動家みたいな感じして、ぼくらのイメージからいうと命じるほうも命じるほうだなあっていう感じがしますけどな。

（『定本　原民喜全集』別巻「鼎談　原民喜」より）

かれらの知っている原は、コミュニケーション能力に決定的に欠ける人間だった。原が自分を変えようとして果たせなかったことは、左翼運動からの脱落後に原と知り合った人たちが、一様にその極端な寡黙と沈鬱、世間からの孤絶を語っていることからもわかる。

疾風怒濤の大学生活をへて、原は本来の姿に戻ったともいえる。その原を受けとめ、支え、最大限の愛情を注いでくれたのが、妻となった女性だった。

三　結婚という幸福

実家からの縁談

自殺未遂をした年の暮れ、原と長は千駄ヶ谷の明治神宮外苑裏のアパートに引っ越した。ちょうどその頃、原に実家から縁談が持ち込まれる。結婚しなければ仕送りを止めると言われ、仕方なく見合いをした。相手は六歳下の永井貞恵という女性だった。

妻・貞恵（提供：広島市立中央図書館）

原の乱脈な生活を心配しての縁談だったと思われるが、川西政明氏は「原が自殺未遂をおこしたことはその血縁の人間には知られていないから、この結婚は、アカの新聞種になった人間にたいし、陸海軍、官庁用達を業とする原の血族が、その成員の一人に一つの枠をはめたことを意味するだろう。それは、軌道を外れた血族の成員にたいする共同体の意思表示である」

(『一つの運命――原民喜論』)と述べている。

一九三三(昭和八)年三月十七日、広島市内の鶴羽根神社で挙式。原は二十七歳、一九一一(明治四十四)年九月生まれの貞恵は二十一歳だった。

貞恵は広島県立尾道高等女学校卒で、実家は広島県豊田郡本郷町(現在の三原市本郷町)で米穀肥料問屋と酒造業を営んでいた。兄三人と姉一人、弟一人があり、三歳下のこの弟が、佐々木基一(本名・永井善次郎)である。

貞恵の長兄は広島県立広島商業学校(現在の広島県立広島商業高等学校)の出身で、在学中は遠戚にあたる広島市内の家に下宿していたが、それが原の生家の隣家だった。そうした縁で結婚話が持ち上がったのだが、実は原は中学生時代に一度、貞恵と会ったことがあった。

青白い中学生だった原は、夏が来ても泳ごうとせず、引きこもって本ばかり読んでいた。そんなある日、家の裏の葡萄棚の下でぼんやりしていると、近所の小父さんが、水泳にでも行ったらどうかと話しかけてきた。

「この子を見給へ、毎日泳いでるので、君なんかよりづつと色黒だ」

そのとき小父さんにくっついていた小さな女の児が貞恵だった。おそらく隣家に遊びに来ていたのだろう。

原の視線を受けた貞恵は、「羞《はにか》みと得意の表情で、くるりと小父の後に隠れてしまつた」という。「その少女が、私の妻にならうとは、神ならぬ私は知らなかつたのだ」とのちに原は回想している（「吾亦紅《われもこう》」所収「葡萄の朝」）。

原が貞恵と見合いをしたのは、父の十七回忌で帰省したときだった。それについて原はのちに次のように書いている。

父の十七回忌に帰つて、その時彼の縁談が成立したのだから、これも仏の手びきだらうと母は云ふ。その法会の時、彼は長いこと正坐してゐたため、足が棒のやうになつたが、焼香に立上つて、仏壇を見ると、何かほのぼのと暗い空気の奥に光る、かなしく、なつかしい夢のやうなものを感じた。

（「よみがへる父」より）

この文章のあとに、広島で式を終えて東京へ帰る途中に奈良に寄り、妻と二人で大仏を見たことが書かれているが、そこに「その時、かたはらに妻がゐると云ふことがもう古代からのことのやうに思へた」という一文がある。もとはといえば仕送りを止められることを怖れての気の進まない縁談だったが、最初から原は貞恵を好ましく思ったようだ。

結婚の日

貞恵は原とは反対の、物事にこだわらない明るい性格だった。原にとって永遠の女性となった貞恵の姿は、作家生活を通して繰り返し描写されることになるが、結婚式の当日を描いた「華燭」では、結婚式のあと、初めて新妻と二人になる場面が描かれている。

主人公には駿二という名が与えられているが、例によって原自身の結婚の経緯がそのまま反映されている。

見合いの席で「遂に口もきけなかつた」主人公は、今夜は何と言って話を始めたらいいか思い惑いつつ、花嫁と同じ車に乗って帰宅する。母親から、初めて夫から聞かされる言葉は生涯身に沁みるものだから、何か言うことがあったら今夜言い聞かせてやりなさいと言われていたのだ。

家に入ると、家族は席を外し、二人は応接室のテーブルをはさんで向かい合う。沈黙が続き、主人公は早く何か言わなければ一生ものが言えなくなるかもしれないと焦る。相手は目を伏せたままだ。

ああして相手はぢつとこちらを観察してゐるのかもしれないし、腹の中ではもうそろそろ侮りだしたのだらうと、駿二は気が気でなかつた。火の中、水の中だと、駿二は自分の踵《かかと》で自分の足を蹴りながら、「オイ！」と呶鳴《どな》つた。あんまり大きな声だつたので自分ながら喫驚したが、もうどうなりとなれと思つた。

「君は何といふ名前だ？」

その瞬間、阿呆なことを聞く奴と腹の中で思つたが、花嫁は黙々と顔をあげて彼の方を見るばかりだつた。駿二はまた気が気でなかつた。よろしい、それならば格闘だ。

「オイ！」と、今度は前よりもつと大声で呶鳴つた。

「何とか云へ！　何とか！」

花嫁は猶《なお》も平然として駿二を眺めてゐたが、やがて紅唇をひらいて、

「なんですか！　おたんちん」

と、奇妙な一言を発した。

おたんちん、それは今日はじめて聞く言葉であつて、どういふ意味なのか駿二にはわからなかつたが、ああ、遂に自分はおたんちんといふものなのかなあ、と、駿二はキヨトンとした顔で、怒れる花嫁をうち眺めた。

（「華燭」より）

貞恵が結婚の日にはたして本当に「おたんちん」と言ったかどうかはわからない。だが、出会った頃の彼女がここに描かれたような若い娘らしい可愛らしさと気の強さをもっており、原がそれを愛したことは確かだろう。

「華燭」は目立たない小品だが、原の作品には珍しく軽妙でユーモアがあり、何よりも愛情と幸福感に満ちている。この作品は「三田文学」の一九三九(昭和十四)年五月号に掲載されたが、それは結婚して六年後のことで、貞恵が肺結核を発病するのはこの年の九月である。結婚から貞恵の発病までは、原の人生でもっとも幸福なときだった。

貞恵は発病から五年後、結核に糖尿病を併発して亡くなるのだが、もとから病弱なわけではなかった。また、原を献身的に支えたといっても、自分を殺してひたすら忍従する妻ではなく、のびのびと振舞い、率直にものを言った。読書を愛し、文学を解する女性だったことも、原には幸運なことだった。

「きっといいものが書けます」

二人は東京・池袋で新生活を始めた。長光太は、新居を訪ねたときのことをこう書いている。

池袋のアパートは、ごちゃごちゃ店をならべたマーケットをとおり抜けた奥にあった。そこで相好崩した原民喜に貞恵さんを引き合わされた。貞恵さんは小柄で丸顔で愛くるしい型のひとで、気さくで利潑で賑やかな印象をうけた。病身とは見えなかった。原民喜もどもりながら軽口を利き、広島弁がとびだした。このアパートには泊りがけで出かけたりしたが、見るところ原民喜は、貞恵さんをとおして日常の茶飯事をまなび直し、常識の世界へわたりをつけようとしていた。

（長光太「三十年・折り折りのこと」より）

貞恵は夫の才能を信じ、作家として立つという原の夢を自分の夢とした。貞恵を追想した連作「美しき死の岸に」の中の「苦しく美しき夏」には、「こんな小説はどう思う」と言って夫が構想を話すと、妻が悦びにあふれた顔で「お書きなさい、それはそれはきつといいものが書けます」と言う場面がある。

彼の妻は結婚の最初のその日から、やがて彼のうちに発展するだらうものを信じてゐた。それまで彼の書いたものを二つ三つ読んだだけで、もう彼女は彼の文学を疑はなかつた。

それから熱狂がはじまつた。さりげない会話や日常の振舞の一つ一つにも彼をその方向へ振向け、そこへ駆り立てようとするのが窺はれた。彼は若い女の心に点じられた夢の素直さに驚き、それからその親切に甘えた。

（「苦しく美しき夏」より）

同じく「美しき死の岸に」には、妻を回想する短文を集めた「忘れがたみ」が収録されている。その中の一篇「けはひ」にはこんな話が出てくる。

ごそつと机の引出を開ける音がする。紙をめくつてゐるけはひがする。……私が徹夜して書いた原稿を読んでゐるのだ。紙をめくる音も歇《や》む。障子にはたきをかけだしたやうだ。……その頃私は床にゐて、妻の動作をぼんやり感じてゐるのが好きだつた。

いいものが書けた時は、妻の顔色も爽やかであつた。私も救はれるやうな気持がした。だが、いいものは書けず、徹夜しても白紙のままのことが多かつた。そんな時、私は妻の動作の微細なところまで気に懸つた。……俎《まないた》でコトコト菜葉を庖丁で叩いてゐる。コトコトといふ細かい音の中に何ともしれぬ憂鬱が籠《こも》つてゐる。私は暗黙に咎められてゐるのだつた。

（「忘れがたみ」所収「けはひ」より）

夫の仕事をわがことのように思い、一喜一憂する若い妻の、いじらしいような真剣さが伝わってくる。それに夫は救われ、背中を押されるのである。

「けはひ」は次のように続く。


　このやうにして、昔の月日は水のやうに流れて行つた。……だが、近頃でもひとり家にゐると、私はどこか見えない片隅に懐しいもののけはひを感じる。自分の使ふペンの音とか、紙をめくる音のなかに、いつのまにやら、ふと若い日の妻の動作の片割れが潜んでゐる。（同前）

原は結婚後も定職を持たず、実家の財力に頼る生活を続けた。貞恵の弟の佐々木基一によれば、その生活能力のなさを心配した実家から、別れて帰ってくるように勧められたこともあったが、頑としてはねつけたという。

　結婚した頃の原は同人誌にしか作品を発表しておらず、作家というよりただの文学青年だった。最初の作品集を出版するのは結婚してから二年後のことで、それも自費出版である。

だが、誰からも認められなくとも貞恵は夫の才能を信じることをやめず、家の中を整え、食事や着るものに心を配り、文学に専心できる環境を整えた。こんな妻を持つことのできた駆け出しの作家はそう多くはないだろう。

ふたたびの検束

結婚した年のうちに、二人は池袋のアパートを出て淀橋区柏木町(現在の新宿区北新宿)に移る。すぐ向かいに山本健吉が住んでいた。事件が起きたのはその翌年、一九三四(昭和九)年五月のことである。

原は結婚後も、昼寝て夜起きるという生活スタイルを変えていなかった。職にも就かず奇妙な生活をしている家があると、次第に近隣の住民たちから怪しまれるようになる。

前年には小林多喜二が虐殺され、この年には日本プロレタリア作家同盟が解散させられるなど、左翼運動への弾圧が激しさを増していた時期である。誰かが通報したのか、ある日、特高課の刑事が踏み込んできて、貞恵も一緒に淀橋署に勾留されてしまう。このとき、山本も同時に検束された。

原と貞恵は三十時間あまりで釈放されたが、山本は十九日間にわたって勾留された。山本が釈放されて家に帰ると、原からの絶交状が届いていて、原夫妻はすでに引っ越してしまっていた。

山本は長くこの件について語らなかった。原と疎遠になった理由について、一九五五(昭和三十)年の「幻の花を追う人」では「(昭和)九年には、特高の嫌疑で一晩拘《ママ》留されたが、以後私は、昔の左翼友達というので、夫人から遠ざけられたようだ」としか述べていなかったが、一九七八(同五十三)年の「往時渺茫」では詳しい事情を記している。

それによると、山本は当時、左翼運動とは関係のない出版社に勤めていたが、「昔のこと」を清算していなかった。はじめは検束はそのせいであり、行き来のあった原がとばっちりを受けたと思っていた。ところが釈放前に刑事から、最初に目をつけたのは不審な生活ぶりが近所で噂になっていた原の方だったと聞かされた。行き来していた山本のことも一応引っぱってみたら、そちらの方が大物だったと分かった、と言われたというのだ。そのことを知らない原は、自分の検束は山本のルートからきたものと思ったらしい。

釈放された山本は説得を試みたが原は耳を貸さず、以後、交際を断つ。絶交状態は、戦後になって遠藤周作の仲裁で和解するまで、およそ十四年間にわたって続いた。

山本が「往時渺茫」で書いていることがすべてとは限らず、原の方にも言い分があったろう。

だが、いきなり絶交状を送りつけ、すぐに引っ越すというかたくなな態度には、左翼時代の傷と人間不信の影が見え隠れする。貞恵も一緒に検束されたことのショックも大きかったに違いない。

ともあれ、この事件をきっかけに原は東京を離れることになった。転居先は千葉市大字寒川字羽根子(現在の千葉市中央区登戸)で、海の見える高台の一角だった。以後、貞恵の死までの約十年間を、二人はここで暮らすことになる。

転居した翌年の一九三五(昭和十)年、二十九歳のとき、原は初の著書『焔』を白水社から自費出版した。同人誌「ヘリコーン」に発表したものを中心に、六十四の掌篇を収めた作品集である。「読売新聞」に中島健蔵の評が載ったほかにはほとんど反響がなかったが、千葉での穏やかな生活で心身の安定を得た原は精力的に執筆に取り組み、翌年からは「三田文学」にたびたび寄稿するようになった。

「三田文学」は一九一〇(明治四十三)年に永井荷風を編集主幹として創刊され、既存の作家のほか、慶應大学出身の書き手を中心に発表の場を提供してきた。原が寄稿するようになったのは、長光太に連れられて当時の編集長だった和気清三郎に会いに行ったことからだった。長によれば、黙って座っている原に、和気は「慶応出たくせしゃあがって早稲田の奴に「三田文学」へ紹介されてくるばかたれがどこにある」と言ったという(「三十年・折り折りのこと」)。

繭のような家

千葉に住んでいた頃の原と貞恵は、年に四、五回ほど上京して、映画や芝居を見たり、知り合いの文学者を訪ねたりした。東京では貞恵の弟である佐々木基一の家に泊ったが、佐々木が当時を回想した「死と夢」によれば、貞恵は来るたびにまず広島弁で「今日もまたもどしちゃったんよ」と言うのが常だったという。神経質な原は、上京の緊張から、家を出る前にその朝食べたものを吐いてしまっていたのだ。

東京を離れたことで、原は神経に障るさまざまな世事から逃れることができたが、それは世間からのゆるやかな孤立であり、貞恵と二人だけのあたたかな繭の中にいるようなものだった。

佐々木の「死と夢」にはこんなエピソードもある。当時の作家は温泉地などに滞在して小説を書くことがあった。執筆に難渋する原を見て、あるとき貞恵は静岡県の伊東温泉に行くことを勧めた。一か月ほどの予定で滞在費を持たせて送り出したが、原は何も書かずにすぐ帰ってきてしまった。佐々木が千葉の家を訪ねると、「何でそんなに家《うち》がいゝんかしら……」と言う貞恵の横で、原は母親にからかわれる子供のように安心した顔で笑っていたという。

ひとりで外出することを好まなかった原は、近くの町医者に行くにも貞恵に付き添ってもらった。先輩作家の佐藤春夫を訪ねたときは、直接ものが言えず、いちいち貞恵に取り次いでもらった。佐藤はそんな原の姿を、「小学生が母につれられて学校の先生の前に叱られに出たかのやうに見えた」として、その様子を次のように描写している。

初対面の人に対しては話題を見つけることの拙いわたくしが、遠慮がちな相手をくつろがせようと努めて云ひ出した一言二言に対してさへ、彼はうんともすんとも答へないので、わたくしもそれつきり口を噤《つぐ》んで、目の前に置かれた一枚ばかり二三篇の小品を積み重ねられた順に読みつづける間、彼は恐縮と不安とを打つて一丸とした座に堪へないやうな様子で、わたくしをそつと上目づかいでうかがひ見てゐるのであつた。

かういふもの云はぬふたりの間に介在した細君の手持無沙汰に困り入つた様子は見るも気の毒であつた。

わたくしは読み終つた作品に就いてその簡明で清潔な表現を喜び、これらの断片のなかにさへ独自の世界が垣間見られるのを尊重すると云つたのに対して彼のお礼の言葉や今後の努力の方針などの質問は細君によつて取次がれ通弁された。彼はこちらの言葉に対しては無言でうなづいたり頭をさげて見せたりしたが、自分の言葉は直接には云へないかのやうに低く口のなかの呟きを細君に囁いて一々取次させるのであつた。

（佐藤春夫「原民喜詩集叙文」より）

大先輩に作品を見てもらうという大切な場面でもろくに話のできない原と、夫の言葉をけんめいに取り次ぐ貞恵の姿が目に見えるようだ。

ちなみに同じ文章の中で、佐藤は原の詩について、「ごく内気なはにかみ勝ちに素直な抒情が、へんな神経と綯《な》いまぜにからみ合って一種の内面風景を現はし、巧まずして自らに近代的な沈鬱にわびしいものを見せてゐる」「彼はその抒情もその神経をも決して人に見せびらかすことはなく、かへつてそれをかくさうとしてゐるかと思へるほどひかへ目に表現している。そのかくすより現はるるは無いにつつましやかな表現のなかにわたくしは彼の人柄の美しさとともに詩としての品位を見出す者である」と評している。

貞恵に付き添われて面会にきた原のことを書いているもうひとりの作家が伊藤整で、「玄関で案内を乞う時も、室へ入って自己紹介をする時も、夫人の言葉にうなずくだけで、自分からは何も言わなかった」（「原民喜の思い出」）と、佐藤が書いたのと同じ姿を描写し、「夫人は原君

民喜と貞恵　1936-1938（昭和11-13）年頃撮影（提供：日本近代文学館）

にとっては実にいい奥さんであったと思う。明るくて、出しゃばらず、弟を扱うように原君をやさしく扱っていた」としている。

原より六歳下で、結婚したときはまだ二十一歳だった貞恵は、こうして原の母親のような存在になっていった。

「杞憂」と「恵女」の句

千葉時代の原は、小説の執筆のかたわら、精力的に句作を行った。一九三五（昭和十）年十二月、大学時代からの知人、宇田零雨《れいう》が俳誌「草茎」を創刊すると、貞恵とともに会員となり、「原杞憂」という俳号で投句を始めた。同誌への投句は一九三八（昭和十三）年四月までだが、句作自体はその後も続けている。

以下、原の句の中から年ごとに引いてみる。

（昭和十年）
後の月の光は我を突きさすか
わが影の人によく似る夜寒かな

（昭和十一年）　※この年九月、母死去
胎内をくぐれば夏の海である
人は死ねど牡蠣新しくて香強し

（昭和十二年）
迷子の眼のなかで廻る風車
芒真昼かなしきことを聯想す

（昭和十三年）
茎立に対《むか》へば澄めり血の音の
踏み迷ふ茶畑にして風光る

（昭和十四年）　※この年九月、貞恵発病
青鬼灯青き光透く夢の庭
五月雨に鬌たれてゆく人のかほ

（昭和十五年）
碧天にカンナは声を放つ花
ある星は墓かと見えて天の川
入営の弟と居て我も若し

（昭和十六年）
ポストまでの路がひそまり五月闇
霧裂けて十薬の花うづく径
＊十薬はドクダミのこと

（昭和十七年）
空襲警報木瓜の蕾は小さかりき
光澱み胡瓜のみどり夢に似る

（昭和十八年）
ガラス戸にうつり揺らげよ若楓
コスモスをひつ摑み男痩せ細る

（昭和十九年）　※この年九月、貞恵死去
熱にうるむ目の色かなし秋の夢
心呆け落葉のすがた眼にあふる

では原とともに入会した貞恵はどのような句を詠んでいたのか。宇田零雨は、『定本 原民喜全集』第二巻の月報に寄せた文章の中で、「恵女君の俳句は忘れられたままになっている」のは「いささか残念」だとして、「草茎」から四十九句を採録している。そこからいくつかを引く。

（昭和十年）　※近くに野戦重砲聯隊があった

砲声の地にとどろきて冬籠

庭垣のやぶれ見ゆるや冬籠

（昭和十一年）

着ぶくれて庭はく人や枯芙蓉

押売りの隣へ来てゐる師走かな

霜土に水仙の芽は浮きてあり

雪解けの水につかりぬ三葉芹

海の家の影くつきりと春寒し

噴水を写生する子等かたまれり

とりぐ〵の数珠持ち出して墓参かな

（昭和十二年）
白紙の凧よく上る麦畑
冬暖し聯隊の倉庫みな鎖ざし
竹籔につゞく藁屋の更紗木瓜
洋館と白木蓮の高さかな
更衣《ころもがえ》好みのセルは昔模様
桶黒く水は澄みたり心太《ところてん》
ころ〳〵と芙蓉散りつぎ野分めく
菜を洗ふ手もと暮れゆく秋の雨

貞恵の句には原のような鮮烈な個性はないが、日々を丁寧に暮らしている人ならではの目が生きていて、情景がくっきりと浮かぶ。才能を感じさせる句もあり、宇田がこのまま埋もれさせるのは残念だと思ったのも無理はない。

宇田によれば、原の家で貞恵も交えて酒を飲み、三人で連句を巻いたこともたびたびあったそうだ。そのときの記録は宇田の家が戦災に遭って焼けてしまったが、そこには貞恵の付句もあったという。

よみがえる幼時の記憶

山本健吉と絶交して千葉に移ったあとも、長光太とは付き合いが続いていた。あるとき長が貞恵から葉書で呼び出されて家を訪ねると、「ちいとも書いてじゃないんですけん、すこし意見してあげてつかあさい」と頼まれた。貞恵が冗談めかした様子で、原稿用紙と万年筆を載せた机を原の前に置くと、原は困ったように頭を掻きながら、下を向いて笑っていたという。

原に海水浴をさせてほしいと書かれた葉書を受け取ったこともある。千葉の家のすぐ下は海である。長が出かけて行くと、原は裸にパンツ姿で、子供のような笑顔で待っていた。

ばかじゃの、汗もだらけじゃないか、そうでしょう、それなのに海水浴してでじゃないんですけん、とあれこれ云ってる間も原民喜は笑い顔でだまっている。さあ行こうと、貞恵さん、お手つだいの若いおかみさんも海水着になると、ほくほくと立って、四人で坂道をおりる。不器用に浴びている。貞恵さんやお手つだいさんは、もっと深いところで游いだ。夕方ビールになる。しきりに幼少年時代を書いているという。原民喜は自分の幼少年時代に同化して書いてるのだろうと、子供くさくなった顔をながめながら思ったりする。

（長光太「三十年・折り折りのこと」より）

原がこのとき幼少年時代を書いていると言ったのは、のちに『幼年画』『死と夢』に収録されることになる作品群のことである。

家の外ではろくに話ができない原だったが、貞恵には何でも話すことができた。親しい相手に話すことで、記憶の細部が甦ったり、考えが深まっていく経験は誰にでもあるが、自分の殻に閉じこもっていた原には初めてのことであったろう。原はこう書いている。

彼の妻は父のことを聞くのを好んだ。彼はそれで以前よりか、もつと細かに父に関する記憶を掘り出すことが出来た。すると、それればかりではなかつた。あちらからも、こちらからも並木路が見えて来た。何年も憶ひ出さなかつた記憶がそこを走り廻つた。

（「よみがへる父」より）

大切な存在であった父の思い出話を、喜んで聞いてくれる妻がいる幸福。父のことを素直に話せたのは、貞恵に心を許していた証しであろう。母のようにすべてを受容し、肯定してくれる貞恵という存在を得て、原は幼少年時代の記憶をよみがえらせ、長が「心の破傷」と呼んだような経験も含め、作品の中に定着させることができたのである。

前章で紹介した、父と二人でI島へ行った思い出を綴った「不思議」(『幼年画』所収)を改めて読むと、父と一緒にしたことや父が言った言葉を次々と列挙していく構成は、誰かに思い出を語って聞かせているようであることに気づく。目に見えるような具体的な細部と、無邪気で幸福なイメージは、亡き人の思い出を語り聞かせる相手が傍らにいたことからきているのかもしれない。

貞恵の没後、原がこの時代を振り返って綴った文章がある。

もしも一人の男がこの世から懸絶したところに、うら若い妻をつれて、そこで夢のやうな暮しをつづけたとしたら、男の魂のなかにたち還つてくるのは、恐らく幼ない日の記憶ばかりだらう。そして、その男の幼児のやうな暮しが、ひつそりとすぎ去つたとき、もう彼の妻はこの世にゐなかつたとしても、男の魂のなかに栖《す》むのは妻の面影ばかりだらう。彼はまだ頑《かたくな》に呆然と待ち望んでゐる、満目蕭条《まんもくしょうじょう》たる己の晩年に、美しい記憶以上の記憶が甦ってくる奇蹟を。

（『画集』所収「記憶」より）

原はここで、妻との「夢のやうな暮し」によって、幼い日の記憶が魂の中に立ち還ってきたと書いている。それは原の人生にとっても文学にとっても、かけがえのない出来事だった。そして、貞恵と死別したあとの原は、彼女に呼びかける文章を書き続けることになる。書いている現在が「晩年」であることを自覚しながら。

病室の安らぎ

貞恵が肺結核を発症したのは、結婚六年目の一九三九（昭和十四）年九月のことである。

ある朝、彼は寝床で、隣室にゐる妻がふと哀しげな咳をつづけてゐるのを聞いた。何か絶え入るばかりの心細さが、彼を寝床から跳ね起させた。はじめて視るその血塊は美しい色をしてゐた。それは眼のなかで燃えるやうにおもへた。妻はぐつたりしてゐたが、悲痛に堪へようとする顔が初々しく、うはづつてゐた。妻はむしろ気軽とも思へる位の調子で入院の準備をしだした。悲痛に打ちのめされてゐたのは彼の方であつたかもしれない。妻の

ゐなくなつた部屋で、彼はがくんと蹲《うずく》まり茫然としてゐた。（「苦しく美しき夏」より）

貞恵は千葉医科大学附属病院（現在の千葉大学医学部附属病院）に入院した。病気は一進一退し、小康を得て自宅で療養したり、悪化して再入院したりしながら、以後、病床で過ごすようになる。それまでの原は「三田文学」を中心に精力的に作品を発表していたが、貞恵の発病後はその数が次第に減っていった。

一九四二（昭和十七）年一月から、原は船橋市立船橋中学校（現在の千葉県立船橋高等学校）の嘱託講師として、週三回、英語の授業を受け持った。結婚以来、初めて職に就いたのである。

貞恵の弟である佐々木基一は、前出の大久保房男、遠藤周作との鼎談で、戦前の原は、実家の原商店の株の配当などで生活できていたとし、英語講師になった事情を、「あれは戦争になってインフレがだんだんひどくなってきて貨幣価値が落ちるでしょう、ああいうような、ま、金利生活者っていうのはみんな困るし、それから細君がずっと病気で入院費なんかもいるし、そういうんで勤めたわけね」と説明している。原自身も、当時のことを「生計の不安や、激変の世の姿が今怒濤となつて身辺にあれ狂つてゐた」（「冬日記」）と書いている。

貞恵は結核に糖尿病を併発し、発病の五年後に亡くなるが、病状が重篤になる前は、入院した貞恵を見舞い、傍らで過ごす時間は原にとって心安らぐものだった。貞恵の発病から死までを綴った連作「美しき死の岸に」の中の「秋日記」で原は、「妻の病室へやって来る時、その世界はいちばん透きとほつてゐた」として、次のように書いている。

隔日に学校へ通勤してゐる彼は、休みの日を午後から病院へ出掛けて行くのだつたが、どうかすると、学校の帰りをそのまま立寄ることもあつた。巷で運よく見つけた電熱器を病室の片隅に取つけると、それで紅茶も沸かせた。ベッド脇に据えつけられてゐる小さな戸棚には、林檎やバタがあつた。いつのまにか、そこは居心地のいい場所になつてゐたのだ。

（「秋日記」より）

義弟の佐々木基一は、病院に出かけるときの原がいかにも嬉しそうで、動物園に行く小学生のようだったと回想している。一日おきに通っていたにもかかわらず、まるで千秋の思いでその日がくるのを待っていたようにいそいそと出かけて行く姿は、見ていていじらしいほどだったという。

貞恵のいない家にいるとき、原はいつも障子を閉め切ってひとり部屋に閉じこもっており、その姿はいかにも孤独なものだった。だが、貞恵の病室にいるときは楽しげで、佐々木の目には、「凍結から溶けて体内から醞気《うんき》を発し始める」ように見えた。

微熱で頬をほてらし、いくらか潤んだ眼を天井に向けてじっとベッドに寝ている妻のそばで、落花生をかじったり、林檎をむいて食べたりしている原の姿は、さながら大きな子供のようだった。厚いコンクリートの壁と硝子戸でしきられたその小さな部屋は、彼にとっては荒い世間から隔絶された牧歌的な空間だったにちがいない。室内はたゞよう死の雰囲気、その中にある、ほのぼのとした匂いや、甘美な悲哀や、はるかな郷愁などを原は心ゆくばかり味っているようであった。そうして、この隔絶された小さな空間の中にひそやかに息づいている、か弱い一組の夫婦の生に、しみじみとしたなつかしさを感じるかのように、いつまでも飽かず、じっと妻の顔を見つめているのだった。

（佐々木基一「死と夢」より）

いつも側にいてくれた貞恵が入院してしまったのだから、会いにいく日が楽しみなのは当然だが、妻の発病に衝撃を受けていた原が、病室でこんなにくつろぐことができたのはなぜだろうか。

当初は貞恵の病状がそれほど重くなかったこともあるだろう。肺を病んで長く療養生活を送る人は当時、珍しくなかった。また、週三回とはいえ講師の仕事は原の神経を消耗させていた。騒ぎ回る中学生たちや教員室の俗っぽい雰囲気に疲れた原は、病院の清潔な静けさの中で貞恵のそばにいることで、やっと息がつけたのだろう。

戦争が始まっていたことも大きかったと思われる。貞恵が病みついてから亡くなるまでは、戦雲が広がっていった時期にちょうど重なるのである。

日中戦争が始まったのは、発病の二年前の一九三七(昭和十二)年。発病した年である一九三九(昭和十四)年に第二次世界大戦が始まり、翌年には日独伊三国同盟が締結された。そして、その翌年である一九四一(昭和十六)年に日米開戦となった。天が墜ち、地が崩れ去るのではないかという不安を少年時代から抱いていた原は、左翼運動で経験した官憲による検束の記憶も相まって、暗い時代が近づいてくる気配を人一倍敏感に感じていたに違いない。

戦争の影

「昭和十六年」と末尾に記された、「謎」(「雑音帳」所収)という掌篇がある。現実と妄想の境目を描いたような小説で、書斎に座って黙想に耽っている「彼」のもとに、女が飛び込んできて、机のあたりを跳ねまわるところから話は始まる。

その女はいつもヒステリックな金切声で以て、今に世の中は転覆してしまふぞと、叫び廻るのであつた。あんまりそんな女の云ふことなどにかかりあつてはゐたくないので、彼は素知らぬ顔で煙草を吸はうとする。すると、女は天井の方へ飛びついて、そこから彼を睥《にら》みつけ、この野郎、私の云ふことをほんとにしないのだな、今はどんな秋《とき》だと思つてゐるのかと、さんざ脅しつけるのであつた。

（「謎」より）

「彼」は女を外につまみ出すが、女は硝子戸を爪でカリカリやりながら、なおもぶつぶつ言う。

いいかね、私の云ふことを知りたかないのかね、それでお前さんは平気かな、へえ、大したものですね、世の中つて、そんなものでせうか、ええ、それならそれで……と、今度は何だか前より余程意味深長の風勢なのだ。

（同前）

世の中が転覆するという女の予言。それは原の確信に満ちた予感でもあった。子供の頃からの不安と恐怖が妄想でなくなるとき——杞憂が杞憂でなくなるときがやってこようとしていたのだ。

「戦争について」というエッセイの中で、原は戦時中のある体験のことを書いている。

それは日本軍による香港入城式の録音放送を聴いてゐた時のことであつた。戦車の轟音のなかから、突然、キャーッと叫ぶ婦人の声をきいた僕は、まるで腸に針を突刺されたやうな感覚をおぼえた。あの時、あの時から僕には、もつともつと怖しいことがらが身近かに迫るだらうとおもへた。

（「戦争について」より）

イギリスの植民地だった香港を日本軍が占領し、入城式が行われたのは、太平洋戦争の開戦まもない一九四一（昭和十六）年十二月二十八日のことである。原が聴いたという入城式の録音放送は、現在NHKのアーカイブにあり、インターネットで聴くことができる。

「大本営陸海軍部発表、十二月二十八日午後零時三十分。香港攻略に任ぜし帝国陸海軍部隊は、敵の降伏によりその武装を解除し、二十六日午後六時、香港全島の占領を完了せり」というアナウンスのあと、軍楽隊の演奏やラッパの音、馬の蹄の音などが聴こえ、確かにゴーッという轟音も入っている(ただし戦車ではなく編隊を組んで飛ぶ飛行機の音と思われる)。だが四分あまりの録音放送を何度聞いても、婦人の叫び声などは聴こえない。それは原の耳だけが先んじてとらえた悲劇の予兆であり、原自身がこれから味わう恐怖のさきぶれだった。

厄災の予感が現実になりつつあることを敏感に感じ取っていた原にとって、貞恵の病室は、外界から守られた二人だけの空間だった。死の気配に取り巻かれていても、死者である父や姉を身近に思って生きてきた原にとっては、心安らぐ場所だったろう。

貞恵の発病後に作品数が減ったことも、戦争の影響を無視できない。太平洋戦争が始まった翌年の一九四二(昭和十七)年三月に主な同人誌は統合され、八誌のみになった。さらに一九四四(昭和十九)年二月には「日本文学者」一誌のみになる。「三田文学」は統合を免れたが、時局に沿う小説を原が書けるはずもなかった。

原が「三田文学」その他の雑誌に発表した作品の数を見ていくと、貞恵が発病した一九三九(昭和十四年)年は八篇(随筆一篇、追悼文一篇を含む)、一九四〇(同十五)年が六篇、一九四一(同十六)年が三篇、一九四二(同十七)年が四篇、一九四三(同十八)年が一篇、そして貞恵が没した一九四四(同十九)年は二篇である。

一九四四(昭和十九)年の二篇は、「三田文学」二月号と八月号に発表されたものだ。二月号は「前線将兵慰問文特集」で、原は「弟へ」という作品を寄せている。ちなみにこの号の消息欄には、「佐藤春夫　近く南方視察より還る」、「石坂洋次郎　南方滞在中」などとあり、一線の書き手が従軍作家として戦地に赴いていたことがわかる。

原が寄稿した特集は、前線にいる将兵への手紙形式の文章を集めたもので、どれも常套句をちりばめた、勇猛かつ悲壮感あふれる内容である。

たとえば柴田錬三郎は、「君は、無我夢中で兵隊たるの本領を尽せばいゝ。そこには個人の不幸は見出されない。あるがまゝの人間の美しさがのこされてゐると共に国家の意志の下に立つ力が生れてゐる。君は今幸福だ」(「青年の意志を信ず――K君に送る――」)と書き、鈴木重雄は「少くも精神に於て前線に等しい銃後は、君達前線の勇士の華やかな凱旋の日にお互に手を取り合つて、晴れやかに打ち解けて、皇恩にむせび泣く、あの戦勝紀念日を、アジア解放の日を、たゞ待ち、たゞ増産に突進してゐる」(「手を執りあつて泣く日こそ」)と書いている。

一方、原の「弟へ」は、こう書き出されている。

僕は近頃「無心なるもの」と題して短文をノオトに書溜めてゐる。これは通勤の道すがら、目に触れた微笑ましいものを、何気なく書綴つたものにすぎないのだが、それがだんだん溜つてゆくといふことも何となく僕にはたのしいことなのだ。今日はそのうちから、三つ四つ君にお目にかけよう。なにしろ中学生相手の僕のことだから、文章も中学生じみてゐるかもしれないが、まあ笑つて読んでくれ給へ。

（「弟へ」より）

戦地にいる弟に宛てた形式だが、文章のトーンからして他の作家たちとまったく異なっている。原稿用紙にして一、二枚の掌篇を六本並べた連作で、最初の「燕」という作品は、駅のホームの軒に燕が作った巣を、生徒を引率した遠足帰りの先生が珍しげに見上げるという話である。そのほかの作品も、勇猛でもなく悲壮でもない日常が描かれている。

兵隊が出てくるものが一篇だけあるが、それも、勇ましい話ではない。「牛」と題されたその話の全文を引いてみる。

牛

暑い暑い宮本町の坂。夏の朝、牛はゆつくりゆつくり、このだらだら坂を二つ越えて行く。途中の家畜病院の空地に牛や馬が繋がれてゐるところまでやつて来ると、歩いてゐた牛はもーおと鳴く。繋がれてゐる牛の方は何とも応へない。ある日休暇の兵隊が二三人づれで、繋がれてゐる牛の側に立寄つた。そして一人がそろつと牛の耳を撫でてみた。坂を下つて来る牛もつらさうだ。よく見ると牛の鼻のまはりには四五匹の蝿が黒くくつついてゐる。牛はそれをじつと怺《こら》へたまま歩いてゐるのだ。

日常のスケッチという趣の、童話か散文詩のような作品である。次に引くのは「貝殻」という作品である。日章旗が出てくるが、これも戦意高揚と直接的には関係がない。

貝殻

八千代橋の手前の貝殻に埋れたやうな露次は、どこよりも早く夏の光線が訪れる。どの軒下も大概貝殻が積重ねてあり、それは道路の方にも溢《あふ》れ、奥では盛んに貝を剝いでゐるので、刻々に殖えて行く白い殻で、やがてそこいらは埋没してしまひさうだ。空《から》の弁当箱を示し、貝を売つてくれないかと男に尋ねると、あまりいい顔もせず黙つて貝を剝いでくれる。それが出来る迄暫《しばら》く軒下にたたずんでゐると、地面の白い光線がくらくらして、ふと側に子供が立つてゐる。よごれた絵本を展げて、眩しげにこちらを見てゐるのだが、その展げた絵本は南洋の椰子の樹の日の丸の絵で、その中から子供は抜け出して来たやうにもおもへる。

六篇はいずれも、ヒステリックなまでに戦時色が強まった一九四四(昭和十九)年によくぞ書いて発表したと思えるような作品である。常套句を使わず、声高にならず、平易な文章で何でもない日常を描く――それは、非日常の極みである戦争に対する、原の静かな抵抗であった。

貞恵の死

一九四四(昭和十九)年三月、原は二年間勤めた船橋中学校を退職し、記録映画の脚本や制作を手掛けていた長光太の紹介で、朝日映画社の脚本課嘱託となる。出勤は週に一、二度で、電車に乗って東京まで出かけていった。原によれば、与えられた仕事は「差当つて書物を読み漁ることだけ」(「美しき死の岸に」)だったという。

その頃、貞恵は自宅で療養生活を送っていた。ほとんど寝たきりの生活だったが、精神的には、依然として原の方が貞恵に支えられていた。

どうかすると、彼は生の圧迫に堪へかねて、静かに死の岸に招かれたくなる。だが、さうした弱々しい神経の彼に、絶えず気をくばり励まさうとしてゐるのは、寝たまま動けない妻であつた。起きて動きまはつてゐる彼の方がむしろ病人の心に似てゐた。妻は彼が家の外の世界から身につけて戻つてくる空気をすつかり吸集するのではないかとおもはれた。それから、彼が枕頭で語る言葉から、彼の読み漁つてゐる本のなかの知識の輪郭まで感じとつてゐるやうな気もした。

(「美しき死の岸に」より)

発病以来一進一退だった病状は、前年からこの年にかけて悪化し、死に向かって歩を速めていく貞恵の傍らで原は詩を書いた。のちに「ある時刻」という題でまとめられることになる散文詩の連作から引く。

浮寝鳥

冷え冷えとしたなかに横はつて、まだはつきりと目のさめきらないこのかなしさ。おまへのからだのなかにはかぎりない夢幻がきれぎれにただよつてゐて、さびれた池の淡い日だまりに、そのぬくもりにとりすがつてゐる。

夕ぐれになるまへ

夕ぐれになるまへである、しづかな歌声が廊下の方でする。看護婦が無心に歌つてゐるのだ。夕ぐれになるまへであるから、その歌ごゑは心にこびりつく。

雪の日に

私はのぞみのない物語を読んでゐた。雪のふりつもつた広場に荷車が棄てられてゐて悲しい凹みを白い頁にのこしてゐる。それは読みかゝりの一章であつた。だんだん夕ぐれが近づいて来ると軒の雪は青くふるへた。混みあふ電車の中で娘はひしがれた顔をゆがめた。すべてがわびしい闇のなかに——物語の終結は近づいてゐた。

貞恵が死去したのは九月二十八日のことである。享年三十三、結婚からは十一年半がたっていた。

直前まで意識は清明だった。死の数時間前、原が貞恵に飲ませるアンプル容器のガラスを切ろうとして、いつも使うヤスリを見つけられずうろたえていると「そこにあるのに」と寝床から見つけて教え、「あなたがそんな風だから心配でたまらないの」と言ったという。医師が危篤を宣告してまもなく、「あ、迅《はや》い、迅い、星……」と少女のような声で言い、それきり昏睡に陥った。

彼は妻の枕頭に坐つたまま、いつまでも凝《じつ》としてゐた。時間は過ぎて行き、庭の方に朝の陽が射して来た。あたりの家々からも物音や人声がして、その日も外界はいつもと変りない姿であつた。昏睡のままうめき声をつづけてゐる妻に「死」が通過してゐるのだらうか。いつかは、妻とそのことについてお互に話しあへさうな気もした。だが、妻のうめき声はだんだん衰へて行つた。やがて、その声が一うねり高まつたかと思ふと、息は杜絶えてゐた。

（「美しき死の岸に」より）

貞恵の死後も、原は彼女への思いを詩に書き続けた。一九四四（昭和十九）年から一九四五（同二十）年にかけて綴られたそれらの散文詩は、「小さな庭」としてまとめられている。「死の章」の五九ページで引いた「かけかへのないもの」は、この連作に含まれる詩である。

貞恵を喪った原の心象風景がわかる「小さな庭」から三篇を引いて、この章を終えることにする。

庭

暗い雨のふきつのる、あれはてた庭であつた。わたしは妻が死んだのを知つておどろき泣いてゐた。泣きさけぶ声で目がさめると、妻はかたはらにねむつてゐた。

……その夢から十日あまりして、ほんとに妻は死んでしまつた。庭にふりつのるまつくらの雨がいまはもう夢ではないのだ。

菊

あかりを消せば褥の襟《しとね》にまつはりついてゐる菊の花のかほり。昨夜も今夜もおなじ闇のなかの菊の花々。嘆きをこえ、夢をとだえ、ひたぶるにくひさがる菊の花のにほひ。わたしの身は闇のなかに置きわすれられて。

ながあめ

ながあめのあけくれに、わたしはまだたしかあの家のなかで、おまへのことを考へてくらしてゐるらしい。おまへもわたしもうつうつと仄昏い家のなかにとぢこめられたまま。

水のなかに火が燃え
夕靄《ゆうもや》のしめりのなかに火が燃え
枯木のなかに火が燃え
歩いてゆく星が一つ

（「風景」）

III　孤独の章

一　被　爆

広島へ

貞恵の死の二か月後の一九四四(昭和十九)年十一月、アメリカの大型戦略爆撃機B29による東京への空襲が始まった。千葉上空はB29の飛行ルートにあたり、頻繁に警報が出るようになる。貞恵の看病のため同居していた義母は郷里に帰り、原も千葉の家をたたんで、家業を継いでいる長兄の信嗣のもとに身を寄せることを決めた。

広島に発つ前に、銀座の教文館前で長光太と待ち合わせ、勝鬨《かちどき》橋まで散歩をした。跳開橋である勝鬨橋は、このときまだ橋桁を跳ね上げて船を通しており、道が切れてはまたつながるのを二人で黙って眺めた。長には、原に家業の手伝いができるとはとても思えなかった。まもなく四十歳になる原の年齢と不器用さを思い、いたましい気持ちで別れた。

いつ何があるかわからないという気持ちがあったのだろう、このとき原はそれまでに自分が書いたものを整理し、義弟の佐々木基一に託している。貞恵と暮らす中で幼少年期の記憶をよみがえらせて書いた『死と夢』『幼年画』の原稿をまとめ、その他の原稿や雑誌の切抜きと一緒に革鞄に入れて預けたのだ。その鞄は佐々木の実家(貞恵の実家でもある)の蔵に仕舞われ、原爆による焼失を免れることになった。

原は、広島に帰ったら苦役に服するつもりだと、笑いながら佐々木に告げた。十八歳のときに離れた家で、長兄の世話になって暮らすのは、原のような人間にとっては憂鬱なことだっただろう。「殆ど受刑者のやうな気持」で広島行きを決めたとのちに書いている(「死のなかの風景」)。広島行きには、危険な首都圏を離れる疎開の意味があったが、原には広島の街が破滅を免れるとは思えなかった。そして実際に、「まるで広島の惨劇に遭ふために移つたやうなものだつた」(「災厄の日」)という事態になるのである。

年が明けて一九四五(昭和二十)年一月三十一日に千葉の家を引き払い、途中、貞恵の実家に寄って、二月四日に広島に着いた。

原商店は当時、戦時の措置として原製作所と名を変えていた。原が生まれ育った幟町の家には長兄の信嗣が暮らし、次兄の守夫は近所の上柳町(現在の広島市中区橋本町)の家から幟町に通って信嗣とともに仕事をしていた。妹の恭子は夫を亡くし、長兄の家の敷地内に住んでいた。原は事務室の雑用を手伝ったり、銀行や役所に使いに出たりしたが、役に立つ働きはできず、ときに叱責されることもあった。

三月、原製作所の縫製工場が、広島西高等女学校の勤労学徒約六十名を受け入れる。戦局は厳しさを増し、四月には次兄の次男・時彦(小学五年生)と三男の春彦(小学三年生)が広島県双三《ふたみ》郡(現在の三次市)に疎開、また従業員の一人に召集令状が来て出征していった。

六月二十三日に沖縄の守備隊が全滅して本土への空襲はますます激しくなり、同月二十九日には岡山市が空襲を受けた。広島市に近い呉市では軍港がたびたび爆撃されていたが、七月一日の深夜から翌二日朝にかけて百五十機のB29が市街地を空襲し、旧市街のほとんどが焼き尽くされた。

七月に入ると広島市内にも頻繁に空襲警報が発令されるようになる。原はそのたびに次兄の家へ急ぎ、五歳になる姪をおぶって京橋川の川上に避難した。家族の多い次兄の家は疎開先を探していたがなかなか見つからず、長兄の口利きでようやく広島市郊外の八幡村に住まいを確保できた。疎開の予定日は八月七日で、その前日に広島が原爆に見舞われるとは知る由もなかった。

「死の章」で紹介した「戦慄のかくも静けき若楓」の句は、二月に帰郷してから原爆に遭うまでの間に詠まれたものである。同時期の句を以下に引く。

マント纏《まと》ひ暗がり纏ひ駅の隅
ふるさとの山を怪しむ暗き春
暗き春見知らぬ街に帰り来ぬ
水無月の夕ぐれ山はうづまきぬ
死に近きものみな黙し木下闇

被爆の日

八月六日の朝、原は八時頃に床を離れた。前夜は二度も警報が出たが結局空襲はなく、夜明け前に服を脱ぎ、久しぶりに寝巻に着替えて寝たのだった。妹の恭子に朝寝を咎められ、便所に入ると、突然頭上に一撃を受け、目の前が真っ暗になった。

8月6日8時半頃
突如、空襲、一瞬ニシテ

全市街崩壊
便所ニ居テ頭上ニサクレ
ツスル音アリテ頭ヲ打ツ
次ノ瞬間暗黒騒音

手探りで便所の扉を開け、縁側に出ると、まもなく薄らあかりの中に破壊された家の中が浮かび上がってきた。近隣の家は倒壊し、青い空が見える。

原は以前から空襲をひどく恐怖していて、そのときになったら自分が気絶か発狂でもするのではないかと心配していた。だがこのときはあまりにも突然で、怖がるひまもなかった。

妹がこちらに駆けてきた。気丈な様子で、目から血が出ているから早く洗うよう原に言う。台所の流しの水道は使える状態だった。原は自分が裸であることに気づき、壊れ残った押し入れから妹にパンツを出してもらった。

薄明リノ中ニ見レバ既ニ
家ハ壊レ、品物ハ飛散ル

異臭鼻ヲツキ眼ノホトリ
ヨリ出血、恭子ノ姿ヲ認
ム、マルハダカナレバ服ヲ探
ス　上着ハアレドズボンナシ

父が建てた家は、いたるところに隙間ができていたが、柱はすべて立っており、二階も落ちていなかった。散乱した畳や襖《ふすま》を踏んで、身につけるものを探す。上着はあったが、ズボンはなかなか見つからない。

と、そこへ顔を血まみれにしたシャツ一枚の男が家に入ってきた。工場の従業員の達野である。そのあと、今度は座敷の縁側に、事務室の従業員の江崎という男が現れ、悲痛な声で、膝をやられたと訴える。

達野顔面ヲ血マミレニシテ来ル
江崎負傷ヲ訴フ、座敷ノ
縁側ニテ持逃ノカバンヲ拾フ

倒レタ楓ノトコロヨリ家屋ヲ
踏越エテ泉邸ノ方へ向ヒ
栄橋ノタモトニ出ズ、道中
既ニ火ヲ発セル家々アリ

縁側の畳を跳ね上げると、持ち逃げ用に用意していた肩掛けの雑嚢が出てきた。エッセイ「原爆回想」によれば、中身は、繃帯、脱脂綿、メンソレータム、ヒロポン、ズルファミン剤、缶入りオートミール、炒米、万年筆、小刀、鉛筆、夏シャツ、手拭、縫糸、針、ちり紙、煙草、マッチ、郵便貯金通帳、葉書、印鑑で、これだけのものをうまく詰め込んでいた。

普段から気の廻らない原がこれほど周到な準備をしていたのは、細心の注意を払って非常の際の備えをしていた貞恵のやり方を間近で見ていたからだった。原は水の中に飛び込む場合のことを考え、煙草は湿らないように味の素の小缶にマッチと一緒に密閉しておいた。

隣の製薬会社の倉庫から赤い小さな焔が見えた。いよいよ逃げ出す時機と思い、原は雑嚢を肩にかけた。このとき、火炎に遭ったとき頭を守るために座布団を一枚小脇に抱えたという。

倒れて折れ曲がった楓のかたわらを通って家を出る。崩れた家屋のあちこちから煙が立ち上る中を、泉邸《せんてい》（広島市中区上幟町にある旧広島藩主の別邸の庭園）の方向に向かった。栄橋のたもとに出ると、そこには避難者が集まっていた。

ここまでに引いたカタカナの文章は、雑嚢の中に入れておいた手帳に原が記したメモで、この年の秋から冬にかけて執筆する「夏の花」のもとになったものである。

「死の章」の楓の樹の話のところ（六三ページ）でも触れたが、原は原爆投下の当日と翌日は広島市内で野宿し、三日目の八月八日に八幡村に移った。手帳にメモを書き始めたのは、被爆翌日の八月七日、東照宮の境内である。ここに引いたのはその冒頭部分で、原爆が落とされた瞬間のことから書き起こされている。

全体状況がわからない中、目の前の事象をそのまま記録しており、原爆投下の時刻はおおかな記憶のままに「8時半頃」（正確には八時十五分）としているし、原爆という言葉はまだ使われず、「空襲」と書かれている。

手帳には続けて、逃げる途中の様子が記されている。

泉邸ノ竹藪ハ倒レタリソノ中
ヲ進ミ川上ノ堤ニ溯《サカノボ》ル、学

原たちは筏で対岸に渡り、そこで、姪の櫻子を抱いた女中と合流する。もうひとりの姪、華子とは栄橋のたもとではぐれたという。

その河岸でも原は負傷した多くの人々に出会う。重傷を負った兵隊は「肩ヲ借セ」と言い、原の方に寄りかかって歩きながら「死ンダ方ガマシダ」と言う。潮が満ちてきたので土手に上がると、そこにも大勢がいた。砂地に伏して「アア、早ク朝ニナランカナ、オ母サン」と泣く女学生。「オ母サン、オネエサン、ミッチャン」と身内の名を呼ぶ声。「兵隊サン助ケテ、助ケテヨ」と哀号する女の負傷者――。

一同はそのまま土手で夜を明かした。朝、長兄と妹は幟町の家の焼け跡の方へ廻り、次兄たちは東練兵場に施療所があると聞いてそちらへ行った。

原も東練兵場に向かおうとして、負傷した兵隊に同行を頼まれる。常盤橋まで一緒に行くが、兵隊は疲れ果て、ここに置き去りにしてくれという。原はひとりで進み、その途中で、女中とはぐれた姪の華子が東照宮の避難所にいると小耳にはさんだ。東照宮に行ってみると、すでに嫂《あによめ》（次兄の妻）が来ており、姪とちょうど対面しているところだった。

東照宮の鳥居の下には施療所が設けられ、おびただしい数の重傷者が路傍に臥している。頭も顔も脹《は》れあがり、熱線を受けた髪の毛が帽子の線を境に刈り取られたようになっている男。警防団の服装をした青年は、火傷で膨張した頭を石の上に横たえたまま「先生、カンゴフサン、誰カ助ケテ下サイ」と低く哀願する。若い娘は「兵隊サン助ケテ」と泣き喚く。両手と足を負傷し、ズボンが半分身体にくっついた姿のフラフラの男。水を求めてうめく、学徒動員された女子商業の生徒。顔を黒焦げにして臥せている婦人。満身血まみれの幹部候補生――。

手帳に書かれたこれらの人々は、メモとほぼ同じ順番で、全員が「夏の花」に登場する。描写はより細かくなっているが、小説の中のかれらが発する言葉は、ここに引いたメモに記されたものとほとんど同じである。

一同は東照宮の境内で野宿することになった。みな精根尽きてへとへとである。原は雑嚢に入れていたオートミールの缶をあけて一杯ずつ配った。すると次兄は「ああ、こんなおいしいものが世の中にあるのか」と嘆息した。このオートミールの缶は、用意のいい貞恵がずっと前に買って非常用にとっておいた秘蔵の品だった。

雑嚢に入れておいた繃帯やメンソレータムは、最初の日、川岸で会った近所の老人の怪我の手当てに役立った。同じく雑嚢に入れておいた手帳と鉛筆がもたらしたものの大きさは言うまでもない。母親のように世話を焼き、死の間際まで原の心配をしていた貞恵の配慮が、いざというとき役に立ったのである。

翌朝、原は広島駅の方へ様子を見に行った。広島の街は見渡す限り灰白色で、福屋(百貨店)などのビルがわずかに残っているだけだった。

東照宮に戻ると、昨夜の顔が黒焦げになった婦人も女子生徒も死んでおり、念仏の声が聞こえた。その後、原製作所の従業員が持ってきてくれた握り飯を食べ、境内の石段の下でひとり休んでいたとき、原はひとつの思いに捉えられる。

我ハ奇蹟的ニ無傷
ナリシモ、コハ今後生キノビテ
コノ有様ヲツタヘヨト天ノ命
ナランカ。サハレ、仕事ハ多カルベシ。

貞恵の死を描いた「死のなかの風景」で、原は「彼にとつて、一つの生涯は既に終つたといつてよかつた。妻の臨終を見た彼には自分の臨終をも同時に見とどけたやうなものだつた。たとへこれからさき、長生したとしても、地上の時間がいくばくのことがあらう」と書いている。

だが、被爆したことによって、「コノ有様」を伝えないうちには死ぬわけにいかなくなった。生きのびて「仕事」をしなくてはならなくなったのだ。

この場面のあとにも、原は多くの遺体や、死にゆく人たちに遭遇する。原爆投下後の地獄のような広島で隣人となった死者たちが、原を生きさせることになったのである。

メモのこの部分に対応する文章が、「夏の花」にある。

長い間脅かされてゐたものが、遂に来たるべきものが、来たのだつた。さばさばした気持で、私は自分が生きながらへてゐることを顧みた。かねて、二つに一つは助からないかもしれないと思つてゐたのだが、今、ふと己れが生きてゐることと、その意味が、はつと私を弾いた。

このことを書きのこさねばならない、と、私は心に呟いた。

（「夏の花」より）

長いあいだ原は厄災の予感に怯えてきた。それが現実になったとき、まず生きのびられまいと思っていた自分が、なぜか無傷で生きのびた。幼い頃から怖れ、怯え、忌避してきた現実世界。それが崩壊したとき、生きる意味が、まさに天から降ってきたのだ。

被爆メモの静謐

昼すぎに、長兄が東照宮に戻ってきた。八幡村に行って交渉し、荷馬車を調達してきたのだ。一同は馬車に乗り、東照宮をあとにした。

東照宮は市街地から見て北東にあり、目的地の八幡村は南西にあるので、馬車は市の中心部を横切ることになる。東照宮下から饒津《にぎつ》に出て橋を渡り、白島を通って泉邸の前の道にさしかかったとき、次兄が何かを見つけた。

泉邸ノ路へ入ルアタリ、練兵ヨリニ
何カヲ認ム。降リテカケツケルニ、
文彦ノ死骸アリ。黄色ノパンツ
トバンドガ目ジルシ。胸ノ
アタリニ、桃位ノ塊リアリテ、ソコ
ヨリ、水噴ク。指ハカタク握リ
シメ、顔ハ焦ゲ、總ジテ大キ

クフクレタ姿ナリ。ソノホトリニ
修中生徒ト女ノ死骸。女ノ
身悶エシママ固クナレル姿
アハレニモ珍シ。爪ヲトリテ、ココ
ヲスグ。

文彦は次兄の四男で、陸軍偕行社《かいこうしゃ》が運営していた済美国民学校の一年生だった。文彦の遺体を見つける場面は、「夏の花」ではこう書かれている。

馬車が白島から泉邸入口の方へ来掛かつた時のことである。西練兵場寄りの空地に、見憶えのある、黄色の、半ずぼんの死体を、次兄はちらりと見つけた。そして彼は馬車を降りて行つた。嫂も私もつづいて馬車を離れ、そこへ集つた。見憶えのあるずぼんに、まぎれもないバンドを締めてゐる。死体は甥の文彦であつた。上着は無く、胸のあたりに拳大の腫れものがあり、そこから液体が流れてゐる。真黒くなつた顔に、白い歯が微かに見え、投出した両手の指は固く、内側に握り締め、爪が喰込んでゐた。その側に中学生の屍体が一つ、それから又離れたところに、若い女の死体が一つ、いづれも、ある姿勢のまま硬直してゐた。次兄は文彦の爪を剝ぎ、バンドを形見にとり、名札をつけて、そこを立去つた。涙も乾きはてた遭遇であつた。

（「夏の花」より）

「夏の花」全篇で最も哀切な場面のひとつであるが、比べて読んでみると、小説の文章が正確にメモにもとづいていることがわかる（このメモの文章中で原はズボンのことを英語に準じて「パンツ」と表記している）。小説では描写がより丁寧になっているが、その基本となる事実も情景もすべて被爆直後のメモの中にある。他の場面についてもそうで、「夏の花」には創作の要素は入っていないと見ていい。

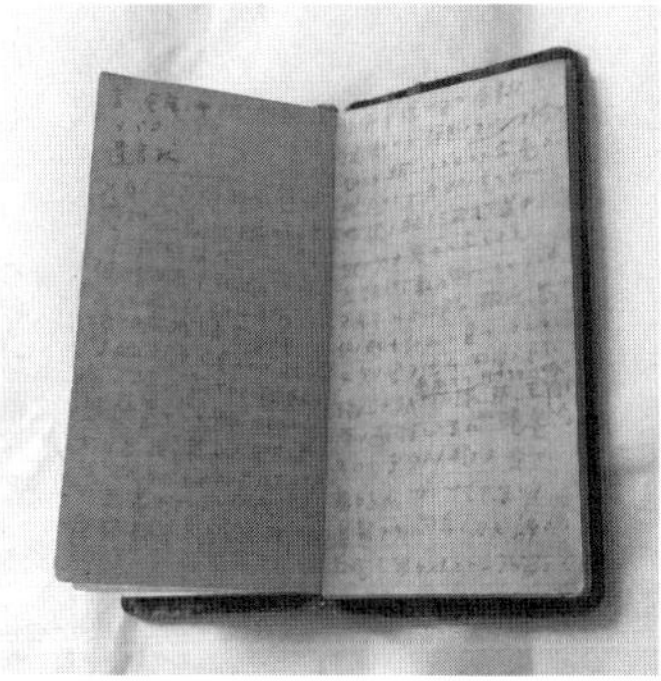

原民喜の手帳（原爆被災時のノート）（所蔵：広島平和記念資料館）

被爆時のメモ全文は、『定本 原民喜全集』第三巻に「原爆被災時のノート」として収録されている。そこでは任意の位置に改行をほどこして段落を作り、ひとつの段落の中では、原本にある改行を無視して書き下す形になっている。また、原本の読点と句点はすべて省略し、読みやすいようところどころ一文字分の空白を挿入している。

本稿では広島平和記念資料館に寄託されている原本を参照し、なるべくそれに近い形で表記するために、横書きを縦書きにした以外は、改行部分も句読点も、原が書いたままとした。また、全集であきらかに原文と異なる文字になっている箇所は改めた。

可能な限り原文通りの形で引用した理由は、この方が、原が書いた文章の呼吸がよく伝わるからだ。メモの文章には俳句や詩を思わせるリズムがあり、それがひとつの格調となって、文体に緊張感を与えている。

手帳は縦十三センチ、幅七センチの小型のものである。心身ともに極限の状況にあって、限られたスペースにぎりぎりの簡潔さで事実を記そうとしたとき、原に内在する文章のリズムが、骨格のようにあらわれてきたのだろう。

大江健三郎は、原民喜を「若い読者がめぐりあうべき、現代日本文学の、もっとも美しい散文家のひとり」(新潮文庫『夏の花・心願の国』解説)としている。その言葉通り、「夏の花」は抑制の利いた名文で綴られているが、あらためて読んでみると、そのもとになった文章も、単なるメモにとどまらない完成度をもっていることに驚かされる。書き間違いや修正の跡もごく少なく、十二ページ、二六〇〇字を超える文章の中で、文字の抹消が十か所、単語や文章の挿入が各三か所あるだけである。

「パット剝ギトッテシマッタ　アトノセカイ」

文彦の遺体に遭遇したあと、馬車は国泰寺、住吉橋を通って市街地を抜け、己斐《こい》をへて八幡村へ向かった。「夏の花」には、「私は殆ど目抜の焼跡を一覧することが出来た」とある。原はこのとき、馬車上から被爆直後の市内を視野に収めた。別世界となった広島を、景色として把握したのである。

炎天下に銀色の虚無が広がり、ところどころに膨れ上がった屍体や、転覆して焼けた電車、転倒した馬などがある光景を、原は「夏の花」の中で「精密巧緻な方法で実現された新地獄」「虚無の中に痙攣的の図案が感じられる」「超現実派の画の世界ではないかと思へる」などと表現している。こうした比喩表現はメモにはなく、ただ目に見えたものが列挙されているだけである。

「夏の花」では全体を通して、比喩表現はほとんど見られない。あっても「子供のやうに(泣き喚く)」「吐き棄てるやうに(呟く)」「壊れものを運んでゐるやうに(足を進める)」「糸のやうに(細くなった目)」など慣用的なもので、この場面のように抽象度の高い表現はない。原のほかの作品にも見られない表現であり、誰も見たことのない光景を何とか伝えようとして言葉を駆使したことがわかる。
メモに肉づけするかたちで書かれている「夏の花」だが、メモにはない内容が付け加えられている部分が二か所ある。そのうちの一か所がこの場面で、馬車から見た街の姿を描いた詩が挿入されている。これも比喩と同様、未曽有の光景をどうしたら伝えられるか考えた末のことなのだろう。「この辺の印象は、どうも片仮名で描きなぐる方が応《ふさ》はしいやうだ」として、次のように記している。

ギラギラノ破片ヤ
灰白色ノ燃エガラガ
ヒロビロトシタ　パノラマノヤウニ
アカクヤケタダレタ　ニンゲンノ死体ノキメウナリズム
スベテアツタコトカ　アリエタコトナノカ
パツト剝ギトツテシマツタ　アトノセカイ
テンプクシタ電車ノワキノ

馬ノ胴ナンカノ　フクラミカタハ
ブスブストケムル電線ノニホヒ
（「夏の花」より）

馬車はさらに進む。郊外に出てからもしばらくは崩れた家屋が並んでいたが、草津（現在の広島市西区の南部）を過ぎると、あたりは青々としてきた。田んぼの上を蜻蛉《とんぼ》が飛んでいたことを、原は書きとめている。

草津アタリマデ
来ルト、漸ク青田《コウヤ》ノ目ニハ
イル。トンボノ空ヲナガレル。

「夏の花」では、この場面は次のように書かれている。

草津をすぎると漸くあたりも青々として災禍の色から解放されてゐた。そして青田の上をすいすいと蜻蛉の群が飛んでゆくのが目に沁みた。
（「夏の花」より）

こうして並べてみると、短いメモの方にむしろ強い喚起力があることがわかる。推敲もされていない鉛筆書きのメモの、詩的にはりつめた美しさ——。ここに、文学者としての原の真骨頂がある。

それまでの原は、小説のみならず、詩においても俳句においても、心象風景のみを書き続けてきた。だが、原爆という未曾有の事態に遭遇したとき、目と耳でとらえた事象の記録に徹する文体を選んだ。そのため、「夏の花」は代表作ではあるが、原のどの作品とも異質なものだと指摘されてきた。

その理由を佐々木基一は「巨大な死の積み重なりを眼の前にして、それまでは死者の眼で外界を眺めるのをつねとしてゐた作者が逆に生に甦つたといふ逆説にも由因する現象であらう」と述べている。これは、原の死から三年後の一九五四(昭和二十九)年に刊行され、この作品が広く読まれるきっかけとなった角川文庫版『夏の花』の解説にある一節で、以後、多くの評者がこの佐々木の説を敷衍する形で論じてきた。死から生へ、内から外へという原の内面の劇的な変化によって表現も変化したとの捉え方である。

確かに原はそれまで、生々しい現実と直面することを避け、親しい死者たちのいる世界を仮構して、その幻想の中で何とか生きながらえてきた面がある。貞恵の死後は、死者である彼女をほとんど唯一の話し相手として、語りかけながらものごとを感じ、書いてきた。

それが、大量の死を目の当たりにしたとき、否応なしに現実に向き合わざるを得なくなったということなのだろう。原自身、「原子爆弾の惨劇のなかに生き残つた私は、その時から私も、私の文学も、何ものかに激しく弾き出された」(「死と愛と孤独」)と書いている。

もうひとつ見逃してはならないのは、原の作家としての冷静な目と方法意識である。被爆メモにおいて、原がこうした文体で叙述したのは、眼前の光景に圧倒されたためというよりも、これはこのように書くべき事柄だという作家としての文学的直観にもとづいた主体的な選択だったのではないだろうか。生来の繊細さと、それまでの言語生活で培った表現者としての理性、そして死と死者に対する謙虚さが、大げさなこと、曖昧なこと、主情的なことを拒否した。メモに如実にあらわれている一貫したその姿勢の上に「夏の花」は書かれたのだ。

原爆は人類史上に残る惨劇であるゆえに、それを語る声は高くなりがちである。言葉には熱狂が宿り、政治性をおびる。だが原の声はあくまで低く、言葉は静かである。

高等女学校四年生のとき、爆心地から二・五キロの自宅で被爆し、原爆を主題とする『儀式』『管絃祭』などの小説を発表してきた竹西寛子は、一九七〇(昭和四十五)年に刊行された晶文社版『夏の花』に「広島が言わせる言葉」と題する解説を寄せている。
その中で竹西は、「被爆した広島を言う言葉」と「被爆した広島が言わせる言葉」を自分は区別していると述べ、原の「夏の花」は「広島が言わせた言葉の原典としての重みをもつものである」としている。

うろたえぬ目、とまどわぬ耳。悲惨を、残酷をあらわし訴えようとした人々からとかく見過されやすかった広島、締め出されやすかった広島がそこにあり、私はその配合に緊張し、また温まる。（中略）
原民喜は、貴重な資質と意志とによって、意味づけない広島を遺し得た稀有の人である。眩しく恐ろしい人類の行方についてのあらゆる討議の前に、一度は見ておかなければならぬもの、一度は聞いておかなければならぬものがここにある。

（竹西寛子「広島が言わせる言葉」より）

広島が言わせる言葉に耳を澄まし、書きとめるという営為を、あの惨劇のさなかで原は行った。小さな手帳に書かれたそのメモが、文学史上に残る作品を生み出すことになったのである。

二　「夏の花」

飢えと窮乏の中で

夕刻、一行は八幡村に着いた。原爆被災の二日後、八月八日のことである。原は、次兄一家、妹とともに農家の離れに腰を落ち着けた。疎開するつもりで次兄が借りていた住まいに、原と妹が転がり込んだ形である。ここで被爆メモの続きを書いた。

八月十五日がやってきた。その日、原は朝から姪をつれて病院に行ったが、混雑で順番がなかなか回ってこないので、ひとまず家に戻った。台所にいた妹が原の姿を見て、さっきから君が代が聞こえるがどうしたのだろうと言う。はっとして母屋のラジオの側に行くと、流れていたのは天皇の声だった。

その日の夕方、原は青田の中の道を横切って八幡川へ行き、シャツのまま澄んだ水に浸った。もう空襲のおそれもない。大空は深い静謐をたたえていた。原は、自分が「あの原子爆弾の一撃からこの地上に新しく墜落して来た人間のやうな気持」（「廃墟から」）がした。一方で、あの日見た人たちや焼け跡はどうなっているのだろうと思った。あのときは元気だったのに、その後になって亡くなった人たちもいる。それを考えると不安な気持ちになった。

八幡村で暮らし始めた当初、原は比較的元気で、負傷者を病院につれて行ったり、配給を受け取りに行ったりしていた。だが、四、五日たった頃から、左目の隅に羽虫のようにふわりと光るものを感じるようになる。やがてひどい下痢にも悩まされるようになった。便所にいたため直接光線を浴びなかったものの、原は爆心地から一・二キロの場所で被爆している。下痢は被爆した人たちの典型的な症状だった。身体を調べてみると、ごくわずかではあるが斑点があり、そのうちに頭髪も薄くなってきた。

そんな原を飢えが襲う。村では罹災者に手が差し伸べられることはなく、食糧は日に日に窮乏していった。

八幡村で暮らした日々を綴った掌篇集「小さな村」に収められている「舌切雀」には、障子の修繕をしていて糊がメリケン粉でできていることに気づき、いったん口にしたら止まらずにすべて平らげてしまった話が出てくる。それほどの飢えだった。

秋が深まってくると、今度は寒さに襲われた。

広島の惨劇は最後の審判の絵か何かのやうにおもはれたが、そこから避れ出た私は死神の眼光から見のがされたのではなかつた。死は衰弱した私のまはりに紙一重のところにあつた。私は飢ゑと寒さに戦きながら農家の二階でアンデルセンの童話を読んだ。人の世に見捨てられて死んでゆく少女の最後のイメージの美しさが狂ほしいほど眼に沁みた。蟋蟀《こおろぎ》のやうに瘠せ衰へてゐる私は、これからさきどうして生きのびてゆけるのかと訝りながら、真暗な長い田舎路をよく一人とぼとぼ歩いた。私も既に殆ど地上から見離されてゐたのかもしれないが、その暗い地球にかぶさる夜空には、ピタゴラスを恍惚とさせた星の宇宙が鳴り響いてゐた。

（「死について」より）

こうした状況の中でも、被爆メモに書きつけた「コハ今後生キノビテ／コノ有様ヲツタヘヨト天ノ命／ナランカ。サハレ、仕事ハ多カルベシ」との思いは消えていなかった。

玉音放送から八日後の八月二十三日、当時茨城県の高萩町（現在の高萩市）にいた佐々木基一（その後松戸に転居）に宛てて書かれた手紙が残っている。そこには「僕の蔵書も九割以上灰になりました。（中略）紙も二三冊のノートのほかは全部焼けました。これから大いに書かうと思ふと少し残念です。が紙は出てくるでせうね」との一節がある。

原は佐々木に宛てて、八幡村から頻繁に手紙を書いている。十月十二日付の手紙では被爆時の状況を詳しく伝え、八幡村での食糧事情の悪さを嘆いたあと、「僕もなるべく早く都会の近くに棲《す》みたいし、これからは大いに書きたいと思ひます」と書き、同月三十一日付の手紙でも、佐々木が新しい雑誌を企画していることにふれて「そのうち僕にも寄稿させて下さい。お願ひしておきます」と、執筆の意欲を語っている。佐々木が創刊メンバーの一員となるこの雑誌が、一九四六(昭和二十一)年一月創刊の「近代文学」である。

十一月二十四日付の手紙には「雑誌の原稿、十二月二十日が締切だと少し急だと思ひますが出来たら御送り致しませう。原子爆弾のことはあの直後早速書き上げてみましたが、読返してみるとどうも意に満たないのでこれはもつと整理してから発表したいと思ひます」とある。「寄稿させて下さい」という原の言葉に応えた佐々木から、「近代文学」に原稿を依頼されていたことがわかる。

注目すべきは、「原子爆弾のことはあの直後早速書き上げてみました」という部分で、原がすでにこのとき原爆をテーマにした作品を書き上げていたことがわかる。これがのちの「夏の花」である。被爆による体調不良と飢えの中で、原はいちはやくあの体験を作品にしていたのだ。

後年、原は次のように振り返っている。

戦争は終つたのだといふ感動が、それから間もなく僕に「夏の花」を書かせた。あのやうに大きな事柄に直面すると、人間のもつ興奮や誇張感は一応静かに吹き飛ばされるやうである。僕は自分が体験した八月六日の生々しい惨劇を、それがまだ歪まないうちに、出来るだけ平静に描いたつもりである。（「長崎の鐘」より）

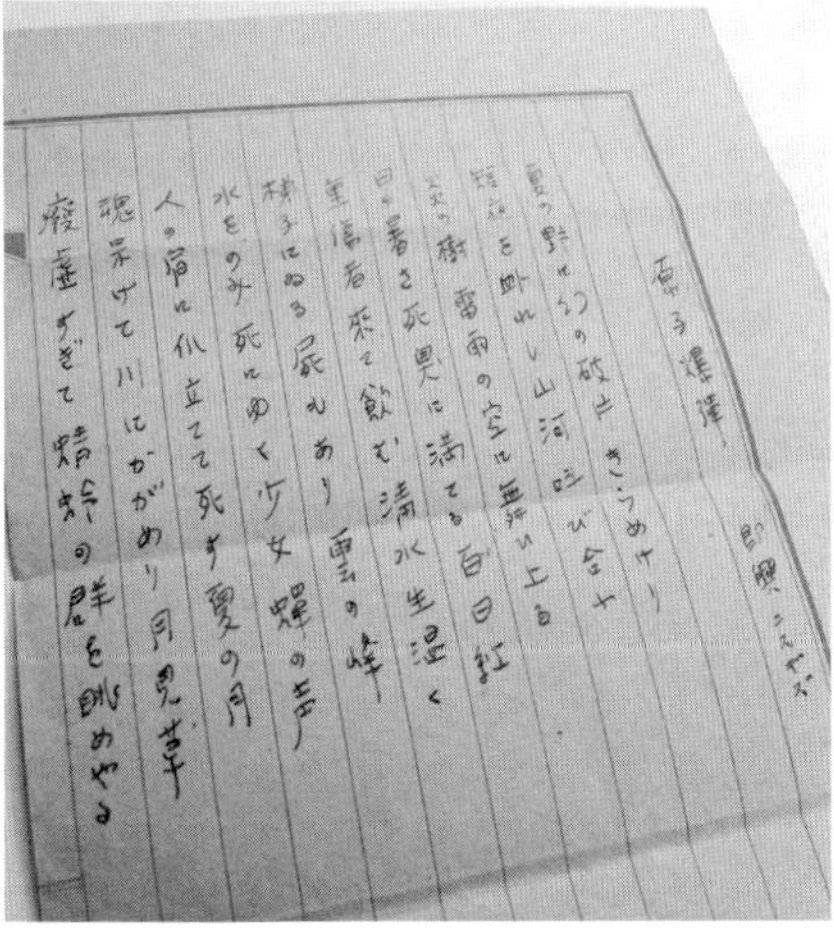
原子爆弾
即興ニスギズ
夏の野に幻の破片きらめけり
短夜を断れし山河叫び合ふ
炎の樹雷雨の空に舞ひ上る
日の暑さ死臭に満てる百日紅
重傷者来て飲む清水生温く
梯子にゐる屍もあり雲の峰
水をのみ死にゆく少女蟬の声
人の肩に爪立てて死す夏の月
魂呆けて川にかがめり月見草
廃墟すぎて蜻蛉の群を眺めやる

原が佐々木基一に送った俳句連作「原子爆弾」（所蔵：広島市立中央図書館）

翌月に佐々木に送った手紙（十一月十二日付）には、「新しい原稿書きかけたのですが纏《まとま》らないので原子爆弾の方を速達で送つておきました。十七字十二行になつて居て字もきたなく意に満たない個所もありますが、適当に御取扱ひ下さい」とある。新しい作品を送るつもりでいたが完成せず、すでに書き上げてあった原爆の原稿を送ることにしたのである。この手紙でもわかるように、原が当初つけていた題名は、そのものずばりの「原子爆弾」だった。

原はこの手紙と同時期に、小説と同じ「原子爆弾」と題した俳句の連作を佐々木に送っている。

原子爆弾　　　即興ニスギズ

夏の野に幻の破片きらめけり
短夜を𧢺《たお》れし山河叫び合ふ
炎の樹雷雨の空に舞ひ上る
日の暑さ死臭に満てる百日紅
重傷者来て飲む清水生温く
梯子にゐる屍もあり雲の峰
水をのみ死にゆく少女蟬の声

人の肩に爪立てて死す夏の月
魂呆けて川にかがめり月見草
廃虚すぎて蜻蛉の群を眺めやる

小説の題名が「原子爆弾」から「夏の花」に変更されたのは、GHQ（連合国軍総司令部）による検閲を考慮したためである。題名だけではなく、発表時期や掲載誌も、佐々木や原が考えていたようにはならなかったのだが、そのことはのちほど詳しく述べることにする。

妻の死と広島の死者

被爆メモは、前述したように「8月6日8時半頃／突如、空襲、一瞬ニシテ／全市街崩壊／便所ニ居テ頭上ニサクレ／ツスル音アリテ頭ヲ打ツ／次ノ瞬間暗黒騒音」と始まっている。これに対応する「夏の花」の部分は以下である。

私は厠にゐたため一命を拾つた。八月六日の朝、私は八時頃床を離れた。前の晩二回も空襲警報が出、何事もなかつたので、夜明前には服を全部脱いで、久振りに寝巻に着替へて睡つた。それで、起き出した時もパンツ一つであつた。妹はこの姿をみると、朝寝したことをぷつぷつ難じてゐたが、私は黙つて便所へ這入つた。

それから何秒後のことかはつきりしないが、突然、私の頭上に一撃が加へられ、眼の前に暗闇がすべり墜ちた。私は思はずうわあと喚き、頭に手をやつて立上つた。嵐のやうなものの墜落する音のほかは真暗でなにもわからない。

だが「夏の花」はこの場面から始まるのではない。

小説には被爆メモにない内容が付け加えられている部分が二か所あると先に書いた。一か所目は馬車上から見た市街地の光景を「ギラギラノ破片ヤ……」という詩にした部分だが、もう一つは小説全体の冒頭である。

私は街に出て花を買ふと、妻の墓を訪れようと思つた。ポケツトには仏壇からとり出した線香が一束あつた。八月十五日は妻にとつて初盆にあたるのだが、それまでこのふるさとの街が無事かどうかは疑はしかつた。恰度《ちょうど》、休電日ではあつたが、朝から花をもつて街を歩いてゐる男は、私のほかに見あたらなかつた。その花は何といふ名称なのか知らないが、黄色の小弁の可憐な野趣を帯び、いかにも夏の花らしかつた。

炎天に曝《さら》されてゐる墓石に水を打ち、その花を二つに分けて左右の花たてに差すと、墓のおもてが何となく清々しくなつたやうで、私はしばらく花と石に視入つた。この墓の下には妻ばかりか、父母の骨も納まつてゐるのだつた。持つて来た線香にマツチをつけ、黙礼を済ますと私はかたはらの井戸で水を呑んだ。それから、饒津公園の方を廻つて家に戻つたのであるが、その日も、その翌日も、私のポケットは線香の匂がしみこんでゐた。原子爆弾に襲はれたのは、その翌々日のことであつた。

「夏の花」はこのように書き出されている。このあと一行あけて「私は厠にゐたため一命を拾つた」と、原爆投下当日の話が始まるのである。

主人公が妻の墓に参ったのは、原爆投下の前々日の八月四日である。この日、おそらく原は実際に貞恵の墓参りをしたのだろう。原の遺品の手帳（被爆メモが記されたもの）を見ると、八月四日の欄に「休電」と書かれており、引用文中の記述と一致する。休電日とは電力不足のため工場等の操業を休止した日のことで、この日は原製作所も休みだった。

原家の墓は広島市中区東白島町の円光寺にあり、現在はそこに原も眠っている。墓参のあと

「私」は「饒津公園の方を廻って家に戻った」とあるが、地図を見ると、それは遠回りだったことがわかる。原家のある幟町は円光寺からほぼまっすぐ南に下がった位置にあるが、饒津公園は原爆が落とされた日に原たちが川を渡って逃げたあたりで、円光寺からは東方向に歩き、橋を渡った対岸になる。

饒津公園は饒津神社を中心とする一帯で、すぐ近くにもうひとつ神社がある。原と貞恵が結婚式を挙げた鶴羽根神社である。原が墓参りのあと、わざわざ遠回りをして橋を渡ったのは、鶴羽根神社に寄るためだったのかもしれない。ここは原の人生の中で最も幸福な日々が始まった場所なのだ。

被爆からの三日間、主人公が目にすることになるおびただしい死の前に、原は、先んじて死者となった最愛の妻を置いた。彼女に捧げられた可憐な黄色い花は、作品中で「銀色の虚無のひろがり」と表現された被爆直後の広島と、痛切な対照をなす。

なぜ原は、「夏の花」の冒頭に、原爆とは直接関係のない墓参りの場面を持ってきたのか。それを考えるときの鍵は、たとえば次のような文章にある。

さうだ、僕はあの無数の死を目撃しながら、絶えず心に叫びつづけてゐたのだ。これらは

「死」ではない、このやうに慌しい無造作な死が「死」と云へるだらうか、と。それに較べれば、お前の死はもつと重々しく、一つの纏《まと》まりのある世界として、とにかく、静かな屋根の下でゆつくり営まれたのだ。僕は今でもお前があの土地の静かな屋根の下で、「死」を視詰めながら憩つてゐるのではないかとおもへる。

（「夢と人生」より）

大切な相手が、自分を置いて次々と死んでいってしまう――それが原のこれまでの人生だった。愛するものがみな死者になってしまった原にとって、死は悲しくはあるが忌むべきものではなく、死者は生者よりも親しく懐かしいものだった。原は死者に支えられることで、かろうじて生きてきたのだ。

貞恵の死は確かに原に打撃を与えたが、病みついてから死までの日々は、心安らぐ穏やかなものだった。そして、死にゆく妻を、原は傍らで見守ることができたのだ。

だが広島の死者たちはそうではなかった。「このやうに慌しい無造作な死が「死」と云へるだらうか」という叫びは、死ぬものと死なれるものが共有した時間のかけがえのなさを知る原にとって、心底からのものだったろう。妻を看取ったその目で見たからこそ、広島の死者の無惨さは原を打ちのめしたのである。

「夏の花」は、原たちの一行が馬車で八幡村に着くところまでが描かれたあとに、一緒に避難してきた次兄の家の女中が亡くなった話と、行方不明だった中学生の甥が帰ってきて原爆症らしき症状で寝ついてしまった話が短く語られる。そして最後に、Nという男の挿話が付け加えられている。

乗っていた汽車がトンネルに入ったときに被爆したため無事だったNは、妻が勤めている女学校に急ぐが、焼け跡にある骨の中に妻らしいものは見当たらない。自宅の周りや、自宅から女学校へ通じる道に斃れている死体をひとつひとつ抱き起こして調べたが、どれも妻ではなかった。

方角違いのところまであちこち探し回ったが妻の死体は見つけられず、Nはいたるところの収容所を訪ね廻って重傷者の顔を覗き込んだ。だがどこにも妻はいないのだった。

「さうして、三日三晩、死体と火傷患者をうんざりするほど見てすごした挙句、Nは最後にまた妻の勤め先である女学校の焼跡を訪れた」という一文で「夏の花」は終わる。

Nという人物はここまでこの小説に一度も出てこない。にもかかわらず誰なのか説明もされない。それまでずっと原の家族の話だったのが、唐突にNの話が始まってあっけなく終わるので、読者は一瞬混乱するが、Nとその妻の挿話からは、原爆で死ぬということの異常さが伝わってくる。死に目に会えないばかりか、遺体も見つからず、弔うこともできない。まさに非業の死者である。原の筆致は静かで、感情を表わす言葉はひとつもないが、「これらは「死」ではない、このやうに慌しい無造作な死が「死」と云へるだらうか」という原の内心の叫びが、ここでもまた聞こえてくるようだ。

検閲に翻弄される

「原子爆弾」は「夏の花」と題名を変え、「近代文学」ではなく「三田文学」に発表された。その経緯を佐々木基一は次のように説明している。

『夏の花』は一九四七年六月に『三田文学』誌上にはじめて発表された。しかし作品が書かれたのはずつと早く、おそらく一九四五年の秋から冬にかけてと思はれる。机も原稿用紙もない避難先の八幡村で原民喜はこれを書いた。事務用便箋に鉛筆で横線を引いて升目をつくり、原稿用紙の代りにつかつた原稿をわたしが東京で受取つたのは、一九四六年のたしか一月であつた。わたしたちは、わたしたちの雑誌『近代文学』にのせるつもりであつたが、当時原子爆弾に関する記事や作品はすべて厳重な検閲下におかれてゐたため、あらかじめ掲載の可否を打診してみた結果、たうてい不可能らしいことが判明した。

（佐々木基一　角川文庫版『夏の花』解説より）

ここで佐々木は、原稿を受け取ったのが「一九四六年のたしか一月」としているが、原は先に引いた十二月十二日付の手紙で、速達で送ったと書いているから、佐々木の勘違いだろう。この解説が付された角川文庫版の刊行は、前述したように一九五四（昭和二十九）年だが、佐々木は一九八八（同六十三）年に刊行された岩波文庫版の『小説集 夏の花』でも解説を担当しており、そこでは原稿を受け取った時期を「十二月の半ば頃であったろう」と書いている。

ともかく、「近代文学」に載るはずだった「原子爆弾」は、そのまま一年以上日の目を見ず、題名を変えて一九四七（昭和二十二）年、「三田文学」に掲載されることになる。

埴谷雄高が「近代文学」の創刊当時を振り返ったエッセイの中で、その経緯を詳しく説明している。この作品の「近代文学」編集部内での評判も含め、当時の状況がよくわかるので、長い引用になるが以下に紹介する。一九五五（昭和三十）年に「近代文学」に掲載された文章である。

編集上、支障が起ったのは、第二号に載せる予定であった原民喜の『原子爆弾』である。佐々木基一から渡されたこの原稿をみなで廻して読んだときの印象は非常に強烈で、創作欄に対して懐いていた不安をこの一篇がまったく拭い去ってくれると喜んだものである。その後『夏の花』と改題されたこの作品は、現在読むと、異常な静謐をたたえていて作者の個性が強く浸透している客観的な作品であるが、そのときは原子爆弾についてのあらゆる印象が生々しく、さながらわれわれの眼前でそれが白熱の閃光を発して爆発したような強烈なショックを与えたのであった。ところで、そのとき占領政策による検閲が開始されたばかりで、「近代文学」も時事を扱う雑誌のグループにいれられ、事前検閲を受けなければならなくなった。その頃は占領軍が原子爆弾の惨害について極度に神経質な気のつかい方をしているという不利な状況にあり、そしてまた、その占領軍に使われている日本人の検閲係が占領軍の気持を忖度して出来るだけ事を構えないようにしているという二重の不利な状況があって、内閲にだされた『原子爆弾』は何処かの個所を削除したら好いという性質のものでなく、全体として検閲に通りがたいという口上をつけて返されてきた。そのとき私達の覚えた残念さは、好い作品を得た喜びが大きかっただけに、激しかった。内閲になど出さずにいきなり刷ってしまえばよかったと悔まれた。また、これを英訳して、はじめ、米国の雑誌に載せ、それを飜訳してこちらに出したという逆輸入のかたちをとるようにしたらどうだという奇抜な案も出た。この名案は平野謙の案出したものであった。けれども、最後に到達した案は、時事を扱う雑誌グループに指定されていないところの、つまり、事前検閲を受けないで出せる雑誌に、この『原子爆弾』を出さすべきだという甚だ残念な結論であった。そして、この作品は『夏の花』と改題され、暫らく時間を置いたのち事前検閲のない「三田文学」に載せられたのであった。

（埴谷雄高「「近代文学」創刊まで」、「近代文学」一九五五年十一月号より）

埴谷の説明をまとめると、

（一）当時、雑誌の検閲には事前検閲（発行前）と事後検閲（発行後）があり、時事問題を扱う雑誌には事前検閲があった。
（二）「近代文学」は時事問題を扱う雑誌と見なされ、事前検閲を課せられていた。
（三）占領軍に雇われている日本人の検閲係に「原子爆弾」を内閲に出したところ、部分的に削ったとしても通らないと言われた。
（四）「近代文学」への掲載は諦め、事前検閲のない「三田文学」に原稿を回した。

ということになる。

『定本　原民喜全集』別巻所収の鼎談で、「群像」の編集者だった大久保房男は、当時の事前検閲は、表紙を含めた全ページのゲラ（校正刷り）を揃え、校了（校正をすべて終え印刷に回すこと）する形にして持って行かなければならなかったと話している。つまり、完成品と同じ体裁で提出させられたということだ。その上で、検閲官に削除を指示された部分を削り、検閲が行われたと読者にはわからないように前後をつなげた。伏せ字にはしないというのがGHQの方針だったという。

ここに引いた埴谷の回想によれば、「原子爆弾」はゲラにせず、原稿のまま内閲に出したことがわかる。ただ、鼎談での佐々木の発言によれば、ここでいう内閲とは正式のものではなく、人を介してGHQの検閲局にいる日系二世を紹介してもらい、「これ出していいかどうか、ちょっと下見してくれ」と頼んで読んでもらったというものらしい。「そしたら、やはりこれは駄目だっていうんで、それでまあ遠慮しちゃったわけよ」と佐々木は説明している。埴谷が「内閲になど出さずにいきなり刷ってしまえばよかったと悔まれた」と述べているのは、削除を指示されることも覚悟して、ゲラにして提出してしまえばよかったという意味なのだろう。

この鼎談で佐々木は、原稿を「三田文学」に回した理由について、「ああいう文学雑誌で、総合雑誌扱いじゃないから、あまり向うも注目しない、で、そっと、題も変えて……。そしたら文句来なかったんだな」と話し、大久保が、「三田文学」は商業雑誌ではないので検閲がゆるかったと補足している。

改題と一部削除

「近代文学」に掲載されなかった経緯は、原が佐々木に宛てた手紙からも垣間見える。一九四五（昭和二十）年十二月二十八日付の手紙には、冒頭に「拝復　十七日附の端書拝見。なるほど検閲といふこともあつたのですね」とある。

この手紙で原は続けて「別便で別の原稿送つておきますから読んでみて下さい。この「雑音帳」は原稿が間にあはなかつた時の用意にと思つて清書しておいたものです」と書いている。「雑音帳」は、原自身を思わせる「彼」を主人公とする掌篇の連作である。

次に原爆の原稿の話が出てくるのは、一か月あまりたった一九四六（昭和二十一）年二月五日付の手紙で、「僕の原稿二篇ともあなたの方の都合にまかせます。その後書きたいことはかなりあるのですがなかなか机にむかへません」とある。この「二篇」とは「原子爆弾」と「雑音帳」のことだろう。「雑音帳」はその後、「近代文学」の第三号（昭和二十一年四月発行）に掲載されている。

この手紙から十日後の二月十五日、原はまた「原子爆弾」について触れている。

速達拝見しました。原稿の件については先便で申上げた通りあなたの方の都合に一任します。「新日本文学」へ持つて行かれても結構です。「原子爆弾」といふ題名がいけないなら「ある記録」ぐらゐの題にしてはどうでせうか、それともまだ適切な題があればそちらでつけて下さい。

（昭和二十一年二月十五日付書簡より）

佐々木は岩波文庫版の『小説集　夏の花』解説で、一月から二月にかけてはまだ「原子爆弾」が発表できる手立てはないか、「近代文学」の同人たちで考えをめぐらせていたと書いている。この手紙には「新日本文学」の名も出ているが、最終的に原稿は「三田文学」一九四七（昭和二十二）年六月号に発表されることになる。当時、「三田文学」の編集を任されていたのは丸岡明だった。掲載時すでに原は上京しており、「三田文学」の編集に参加していた。「夏の花」の掲載号を見ると、編集後記を原と丸岡の二人が書いている。原は自作に触れていないが、丸岡の後記には、「「夏の花」は、原氏の平和を愛する文学として読まれたい」との一文がある。

ほかの掲載作にくらべてごく簡単にしかこの作品に触れていないのは、あまり注目されても面倒なことになるからだろう。丸岡は発行停止もありえないことではないと覚悟していたという。掲載にあたっては、題名を変えただけではなく、本文の一部を自主的に削除している。これは丸岡の判断だったようだ。

丸岡が原に送った手紙が残っている。掲載前年の一九四六（昭和二十一）年七月二十九日付の手紙で、「「夏の花」拝見しましたが、やはり少々危険のやうです。ご面接の折にお話します」と伝え（このとき原はまだ編集に参加していない）、同じく十一月十八日付の手紙で「三田文学第9号を、小説特輯として、例の「夏の花」を思ひ切つて、発表してみようと思ひます。再読しましたが、やはりいけないところが、少々あるやうに思へますので、校正の時でも結構ですから、そのところを消して戴き度く思ひます」と書いている。

この手紙からわかることは、「三田文学」に原稿が渡ったとき、すでに改題がなされていたことと、「いけないところ」すなわち削除箇所は、丸岡が判断したらしいことだ。なお、「夏の花」という題をつけたのは原だったのか、あるいは「近代文学」の編集部だったのかはわかっていない。

では、「三田文学」に発表されたとき、原稿から削除された箇所はどこなのか。「三田文学」

に掲載された「夏の花」と、『定本 原民喜全集』に収録された「夏の花」を突き合わせてみると、以下の三箇所であることがわかる。

（一）「どのやうな人々であるか……。男であるのか、女であるのか、殆《ほとん》ど区別もつかない程、顔がくちやくちやに腫れ上つて、随《したが》つて眼は糸のやうに細まり、唇は思ひきり爛《ただ》れ、それに、痛々しい肢体を露出させ、虫の息で彼等は横はつてゐるのであつた。」※被爆当日、川の向う岸に渡る舟を求めて上流にさかのぼる途中で、「言語に絶する人々の群」を見る場面

（二）「私も暗然として肯き、言葉は出なかつた。愚劣なものに対する、やりきれない憤りが、この時我々を無言で結びつけてゐるやうであつた。」※被爆当日、筏で向う岸に渡り、水際に蹲っていた兵士に肩を貸して歩いていたとき、その兵士が「死んだ方がましさ」と吐き棄てるようにつぶやいた場面

（三）「これは精密巧緻な方法で実現された新地獄に違ひなく、ここではすべて人間的なものは抹殺され、たとへば屍体の表情にしたところで、何か模型的な機械的なものに置換へられてゐ

るのであつた。」※三日目、馬車に乗って市街地を通り、「銀色の虚無のひろがり」を目にする場面

(一)は描写が残酷すぎる点、(二)は米軍への批判ととられかねない点、(三)は倫理的な非難を含んでいる点で、GHQを刺激するおそれがあると判断したのだろう。

「夏の花」は、雑誌掲載の一年半後にあたる一九四九(昭和二十四)年二月、能楽書林から刊行された(「夏の花」「廃墟から」「壊滅の序曲」の三部作に加え、「小さな村」「昔の店」「氷花」等を収録した小説集『夏の花』)。このときは日本がまだアメリカの占領下にあったためか、削除部分は復元されないままだった。完全な形の「夏の花」を読者が手にするには、原の死から二年後、一九五三(昭和二十八)年三月刊行の『原民喜作品集』(全二巻、角川書店)まで待たなければならなかった。

三　東京にて

石油箱を机がわりに

八幡村での原は、下痢や皮膚の斑点、抜け毛などはやがておさまったものの、食糧不足による飢えは如何ともしがたかった。「内臓が互に嚙みあふぐらゐ」(「路」)の空腹に冬の寒さが重なり、どこかへ脱出しなければ死が近いのではないかとさえ思うようになった。

よそ者の罹災者である次兄一家は、村の人たちに遠慮し、顔色をうかがいながら暮らしていた。原はそこに居候しているわけで、仮寓している廿日市町から時折やってくる長兄に、一体どうするつもりなのかと毎回問われた。妹はすでに立ち退いていたが、次兄の二人の息子が学童疎開から戻って人数が増え、原はますます居づらくなっていった。佐々木基一に宛てた手紙では、八幡村を出て、できれば東京に戻りたいとの気持ちをたびたび伝えている。

僕も早く仕事に没頭できる環境が得たく(現在の住居では十人家族なので本を読むのも

容易ではありません）心を悩まして居ります。先日も勝美さんに一寸お願ひしておいたのですが、忠海《ただのうみ》辺へ下宿でもあればと思つて居ります。東京近辺でも適当な下宿さへあれば早く出たいと思つて居りますが、これは金とも相談しなければならないでせう。

（昭和二十年十月三十一日付書簡より）

僕もこちらでは皆からだんだん厄介者扱にされ、再婚せよとすすめられて居りますが、そんな気にはなれず、飢ゑと寒さにふるへながら暮して居ります。一そこの地を離れて何処かもつと住みよい処へ移りたいのですが、汽車は当分駄目だといふことだし、そんなことをきかされるとひどく気が滅入つてなりません。東京の近くで月三百円位でおいてくれる所はないでせうか。参考までに東京の下宿料がわかつたらお知らせ下さい。

（昭和二十年十二月二十八日付書簡より）

年が明けた一九四六（昭和二十一）年二月、東京にいる長光太から、「早ク来タマエ、東京ワスバラシク進展シテイル」「新シイ人間ガ生レテイル、ソレヲ見ルノワ楽シミダヨ」などと書かれた速達葉書が届いた。

戦争による破壊のあとに生まれるはずの、新しい人間と、新しい世の中。それを自分も見たい――。矢も楯もたまらなくなった原に、長は自分の家の部屋が空いているので、住む場所が見つかるまでいてくれてもいいと言ってきた。原は懸命に段取りをつけて四月三日に上京、大森区馬込東（現在の大田区南馬込）の長の家で暮らし始める。

長自身が設計したというその家は、壁の一部がガラス張りになっている奇妙な造りの建物だった。原に与えられたのは、玄関を入ってすぐの階段を上った三畳ほどの天井の低い部屋である。ガラスだらけの建物は強固とは思えず、被爆したときのことが脳裏を去らない原は、自分のいる二階が崩落するイメージに怯えた。

原の部屋に畳はなく、板敷の床がそのまま下の部屋の天井になっているので、ちょっと身動きしただけでも階下に響く。長とその妻の間には不和があるようで、いつも不機嫌な妻に、原はびくびくしながら暮らした。

ほどなくして慶應義塾商業学校・工業学校（一九四九〈昭和二十四〉年に両校とも廃校）の夜間部に嘱託英語講師の職を得たが、東京も食糧難で、被爆で弱った身体はさらに衰弱していった。

ときどき咳をするようになった原に、長の妻は、屋内の洗面所で口をすすぐことを禁じた。原は屋外の井戸端で顔を洗うことになったが、しばらくするとそれも駄目だと言われ、井戸で汲んだ水を張った洗面器を抱えて、いまは塵捨場になっている防空壕跡まで行って顔を洗わなければならなくなった。食事も原の分だけ別にされ、夕食の時間を見計らって階段を降りていくと、誰もいない部屋の片隅に原の食事だけがぽつんと置かれているのだった。

梅雨の頃、ＤＤＴ（虱《しらみ》などを退治する殺虫剤。占領軍による防疫に使用された）の缶を持った男がやってきて、部屋の中を白い粉だらけにしていった。その粉は咳を悪化させ、原は信濃町の慶應義塾大学病院へ行く。

医者からは、家に帰って窓を開け放し、十分な栄養を取って安静にしているようにと言われた。被爆の影響で白血球が激減する場合があるため調べる必要があり、検査を受けてみると白血球数は四〇〇〇だった。正常値より少ないが差し当たって心配はないとのことだったが、飢えのために身体はやせ、秋には百六十四センチの身長に対して体重が三十四キロまで落ちた。

この家におしかかつて来る飢ゑのくるめきは、次第にもうどうにもならなくなつてゐた。生暖かい白つぽい細雨が毒々しい樹木の緑を濡らし、湿気は飢ゑとともに到る処に匐《は》ひ廻つた。そして、煙が、家の中で薪や紙を焚くので、煙はいつまでも亡霊のやうにあちこちに籠《こも》つてゐた。……僕の頭も感じてゐることもすべてもう夕暮のやうに仄暗《ほのぐら》かつた。どこかで必死に歯を喰ひしばつてゐる人間の顔がぼんやり泛《う》かぶ。と、つぎつぎに死んでゆく人の群や、呻きながら、静かに救ひを求めながら路上に倒れたまま誰からも顧られない重傷者の顔が……あの日の惨劇がまだその儘《まま》つづいてゐるやうであつた。（「飢ゑ」より）

生活は苦しく、衣類や蔵書を売って生活費に充てたが、すぐにインフレが追いかけてくる。講師の仕事の俸給はわずかで、実家を頼ることもうできなかった。こののち原は、相続していた土地や株券を売って、何とか食いつないでいくことになる。

だがこうした状況の中でも、原は筆を執った。部屋には木のベッドがあるきりで、机も椅子もない。原は石油箱の上に木製の洋服箱を重ね、それを机の代りにして書いた。その洋服箱は貞恵が嫁いできたとき、自分でこしらえた繻子《しゅす》の袱紗《ふくさ》や水引の飾り物を入れて持ってきたもので、疎開させていたため焼けずにすんだのだ。

九月、貞恵の三回忌がやってきた。朝から小雨が降っていたが、原は気持ちを一新しようと思い、二か月ぶりに床屋へ行った。散髪を終えて大森駅前の道路に出ると、ちょうど二年前の臨終の時刻だった。原は乏しい財布から梨と林檎を買って部屋に戻り、石油箱の上に置いていつまでもそれを見ていた。

貞恵の命日の前後に原は「吾亦紅《われもこう》」という連作を書いている（掲載は翌年の「高原」三月号）。十の掌篇は、すべて貞恵との思い出を綴ったものである。原は貞恵と死別してから、彼女に宛てた手記を書いており、東京に出てきてからもそれは続いた。

おまへはいつも私の仕事のなかにゐる。仕事と私とお互に励ましあつて　辛苦を凌がうよ。云ひたい人には云ひたいことを云はせておいて　この貧しい夫婦ぐらしのうちに　ほんとの生を愉しまうよ。一つの作品が出来上つたとき　それをよろこんでくれるおまへの眼　そのパセチツクな眼が私をみまもる。

（「遥かな旅」より）

惨劇の記憶に耐えて生きるためには、貞恵との幸福な日々の思い出と、彼女がいまも側にいるという気持ちが必要だった。彼女が見ていてくれるという思いがあったからこそ、原は仕事をすることができた。結婚した当初に貞恵が言った「お書きなさい、それはきつといいものが書けます」という声は、最後の作品を書き終えるそのときまで、原の耳に聴こえていたに違いない。

夜学の授業のために、原は日没前の電車に揺られて三田まで出かけて行った。電車はいつもすさまじく混雑し、原の神経を痛めつけた。三田にはまだ焼け跡が広がっており、その中の道をとぼとぼと行く夕暮れ、原は心の中で貞恵に話しかけた。

焼跡に綺麗な花屋が出来た。玻璃越しに見える花々にわたしは見とれる。むかしどこかかういふ風な窓越しに　お前の姿を感じたこともあつたが　花といふものが　こんなに幻に似かよふものとは　まだお前が生きてゐたときは気づかなかつた。（同前）

食うか食われるかの街

上京した一九四六（昭和二十一）年の十月から、原は「三田文学」の編集に加わることになった。一九四四（昭和十九）年十二月から休刊していた「三田文学」は、この年の一月に、丸岡明を中心に復刊を果たしていた。

丸岡は原より二歳下で、慶應大学文学部仏文科在学中の一九三〇（昭和五）年に「三田文学」に発表した「マダム・マルタンの涙」で小説家としてデビューしていた。父親が興した能楽専門の出版社、能楽書林が神田神保町にあり、「三田文学」を復刊する際、焼け残ったこのビルの一室に編集部を置いた。空襲の熱でひび割れたガラスをボール紙や板切れで補修した窓に、焼け跡からの風が吹きつけるこの建物に、やがて多くの作家が集まってくるようになる。

丸岡は原と同じ大学・学部の出身で、かつてともに「三田文学」に寄稿していたので顔を合わせたことはあったが、特に親しいというわけではなかった。しばしば会うようになったのは、原が上京直後の五月に編集部を訪ねてきてからだ。突然やってきた原は、挨拶らしい挨拶をするでもなく、しばらく黙っていたあとに、最近東京に出てきたこと、原爆にやられたが身体だけは助かって次兄一家の疎開先で暮らしていたことなどをぽつぽつと語った。

丸岡には原の上京が無謀に思えた。高架下の暗がりなどで行き倒れの男を見ることがあり、それは東京に住む誰にとっても他人事ではなかった。何より目の前の原は疲れ切り、神経だけで身体を支えているように見えた。

それから原は、ときどき丸岡を訪ねてくるようになった。当時の原の姿を、丸岡はのちに次のように回想している。

肩から斜めに、非常用のズックのカバンを懸け、それに総べての貴重品を入れて、灰色の鳥打帽子を被り、「十数年も着古した薄いオーバーのポケットに両手を突込んで、」背を猫背にして原民喜は歩いた。訪ねて来ても、別に口はきかず、帰る時もなんの挨拶もなく、ふつと消えてゆくのだつた。

（丸岡明「原爆と知識人の死」より）

原が「三田文学」の編集に参加するのは、この再会の五か月後である。

丸岡は以後、何かにつけて原の面倒を見た。翌年には紆余曲折をへて宙に浮いていた「夏の花」の原稿を「三田文学」で引き受け、住むところを失って困窮していた原に、能楽書林のビルの一室を提供することになる。

原が長の妻から突然立ち退きを迫られたのは、上京から約一年後の一九四七（昭和二十二）年五月のことだった。長は記録映画の仕事で長く家を留守にしていたが、実は出張先の札幌で愛人を得て一緒に暮らしていた。原は、長がもう東京に帰ってくるつもりがないことを、佐々木基一から知らされる。長はその後、妻と離婚して札幌でその女性と結婚し、原が亡くなるまで頻繁に手紙のやりとりをすることになるのだが、このときの原は、頼りにしていた長がいなくなって途方に暮れた。

だが原は、札幌の長に書き送った手紙で、「長い間君にも迷惑かけて済まなかつた。そのことことこんどのことが絡んでゐるのではないかと思ふと心苦しいが、もつとことがらは君にとつて深遠で切実だつただらうね」と、長く厚意に甘えて長の家に寄寓していたことを謝し、彼の恋愛に理解を示している。また、「昨日丸岡氏に漠然と事情を話して相談してみたところ、札幌に九島といふ友人がゐるので紹介してもらつた。札幌では地盤のある人で、映画演劇方面の人だから、一度同封の名刺持参の上訪ねてごらんなさい」と、原には珍しく行動力を発揮して、長の新生活に役立とうとした跡も見られる。

この手紙には「僕も先月から引越を云渡されてゐて下宿を探してゐるのだが、今月中には多分どこかへ引越せるだらうと思つてゐる」と書いているが、実はまったく当てがなく、心中では苦慮していた。

結局、行くところは見つからず、六月末に、大学の休暇中だけ置いてもらうという約束で、中野区打越町(現在の中野区中野)の甥のところに転がり込んだ。この甥も友人の下宿に同居させてもらっている身であり、原は何とか早く落ち着き先を決めなければならなかった。だが当時の東京の住居事情は最悪の状態で、貸間はなかなか見つからない。

ようやく駅前の土地会社を通して同じ中野に部屋を見つけ、権利金を工面して九月に引っ越した。そこは古びた木造アパートで、建物全体が薄暗く、芥箱のように汚れて陰惨だった。原の部屋は二階の四畳半だったが、先住者の担ぎ屋の女が荷物を置いたままにしており、時折戻ってくる。半同居のような形になり、何度言っても出て行ってくれなかった。原は詐欺のような物件をつかまされたのである。
　こんな汚い、こんな小さな部屋でさえ自分には与えられないのか――。原は、自分が地上での生存を拒まれつくされた者のように思え、毎夜続く停電の暗闇の中で、「わたしが、さきにあの世に行つたら、あなたも救つてあげる」(「死のなかの風景」)と言った貞恵のことを思い出すのだった。

　わたしのために祈つてくれた　朝でも昼でも夜でも　最後の最後まで　祈つてゐてくれた
　おそろしくおごそかなものがたちかへつてくる。荒野のはてに日は沈む……生き残つて部屋はまつ暗。
（「遥かな旅」より）

　原がここに住んでいた当時、一、二回訪ねたことがあるという佐々木は、『定本　原民喜全集』別巻の鼎談で、「(原が)とにかく自分一人でなんかことをやると、ちょっと常識で考えられないほど、へまなことやっちゃうんだな」「あれは本当に行ってみて、びっくり仰天しちゃったんだ。こんなとこに住んでたら死にたくなるよって」と語っている。

当時、原が佐々木に書いた手紙に次のような一節がある。

私は広島の惨劇を体験し、次いで終戦の日を迎えると、その頃から猛然として人間に対する興味と期待が湧き上りました。『新しい人間が生れつつある、それを見るのはたのしいことだ』東京の友人、長光太からそんな便りをもらうと、矢も楯もたまらず無理矢理に私は東京へ出てまいりました。

『新しい人間』を求めようとする気持は今もひきつづいているのですが、それにしても、今ではその気持が少し複雑になつています。何といつても、敗戦直後は人間の悲惨さえ珍しく、それにはそれにつづく漠たる期待もありました。三年を経た今日では人間の生存し得るぎりぎりの限界にまで私は(生活力のない私は)追いつめられています。この手紙を書きながらも、ふと空襲警報下にあるような錯覚と気の滅入りを感じるのもそのためなのでしよう。

（一九四七年十二月八日付書簡より）

あれほどの悲惨を経験したあとなのだから、人間も世の中もきっと変わるに違いない——。

その思いは戦後の原にとってひとつの希望であり、貞恵のいない世界でもう一度生きてみようという決意につながった。しかし戦後の東京は、誰もが自分のことで精一杯で、いたるところで人間同士の闘争が繰り広げられていた。押しの強い者が勝ち、気弱な人間は脱落してゆく。原が借りたアパートの部屋に居座った女は、闇屋に売る白米を新聞紙に展《ひろ》げて両手で掻き廻しながら「食うか、食われるか」と凄惨な姿で呟いた。外食券食堂に行けば、痩せて牛気のない顔と、てらてら卑しげな顔が水と油のように並んでいる。戦後の世相は原には荒々しすぎ、息をつけるささやかな部屋さえ得ることができないのだった。原は、自分ははたして死ぬまでに落ち着ける居場所を見つけることができるのだろうかと思うようになる。

僕はいま晩年のことを考へてゐるのだ。せめて僕の晩年には身を落着けることのできる一つの部屋が欲しい。この世のすべてから見捨てられてもいいから、誰からも迷惑がられず、足蹴にされたり呪詛《じゆそ》されることのない場所で、安らかに息をひきとりたい。

（「災厄の日」より）

丸岡明の友情

丸岡が「三田文学」編集部のある神保町のビルの一室を提供してくれたのは、だまされて借りた中野のアパートで三か月あまり暮らした十二月のことだった。翌年の二月には丸岡自身も家族とともに同じビルに移ってきた。最初は翌年三月までの約束だったが、結局原はここで二年間暮らすことになる。

丸岡は親身に原の世話を焼いた。神保町時代の原をよく知る「群像」の大久保房男は、次のように当時を振り返っている。

丸岡明氏の原民喜氏に対するあの親切はどこから来たものかよくはわからない。終戦直後の極度に住宅事情の悪い時に、丸岡さんは能楽書林の六畳の間を原さんに提供していたが、原さんは同居人としては甚だ困った人であったはずだ。幼児のように純粋だったが、幼児のように日常のことがまるっきり出来なかった。唖のように無口で、何かして上げてもお礼を言わない。丸岡家の人が勝手場にいて何かの気配でふりかえると、半開きのドアから薬缶を持った腕がぬっと出ている、薬缶を取って湯を入れて渡してやると、腕がすっと引込んでゆく、そんな原さんを気味悪がっているという話を聞いたこともある。

（中略）

丸岡さんは人の世話をよくする人ではあったが、マメな人とは言えなかった。しかし原さんに対しては実にマメマメしく面倒をみた。俗才の全然ない原さんのために、あまり俗才のあるとも思えぬ丸岡さんが、せっせと原稿の売込みをしてやっていた。

（大久保房男「丸岡さんと原さんの友情」より）

大久保はこの文章の中で、原に親切にしても何の見返りもなく、だからこそその親切は純粋さを保つことができたとして、「善意もすぐ汚れて見られる世の中で、都会人の丸岡さんは原さんにならら親切にする側の重荷や気恥しさを感ずることなく純粋な親切が行えたので、あのように世話をやいた」のではないかと書いている。

この年の原は、六月に大森の長の家を出てから、甥の下宿、中野の木造アパート、そして神保町の能楽書林ビルと住まいを転々としなければならなかった。そんな落ち着かない暮らしの中で、被爆後の八幡村での生活を描いた「廃墟から」（のちに発表される「壊滅の序曲」とあわせて「夏の花」三部作を構成）をはじめ、貞恵の入院生活を描いた「秋日記」、父の死を描いた「雲の裂け目」など、精力的に執筆を行っている。この年いっぱいで原は慶應義塾商業学校・工業学校を退職し、翌年から「三田文学」の編集と創作活動に専念することにした。

一九四八（昭和二十三）年四月、母の遺産として原の名義になっていた広島市上柳町の土地の売却の相談のため帰郷した。六月、「近代文学」の同人となり、以後同誌は「三田文学」とともに主要な寄稿先となった。小説のほかに「焼ケタ樹木ハ」(「原爆小景」として初出)「外食食堂のうた」「讃歌」などの詩も同誌に発表している。

「夏の花」が、三田文学会が主催する水上瀧太郎賞の第一回受賞作に決まったのは、十二月のことである。同時受賞は鈴木重雄の小説「黒い小屋」と加藤道夫の戯曲「なよたけ」だった。十二月十一日、水上瀧太郎賞の発表を兼ねた三田文学祭が、後援した毎日新聞社のホールで開催された。原の受賞者挨拶の前に、佐藤春夫が予定外に登壇して紹介の辞を述べた。丸岡の回想によればこのとき佐藤は、原は日頃から人前では口がきけず、人を訪問するにも奥さんを代弁者として連れて歩いていたような人間だと述べ、このあと演壇に現われた本人が少々おかしなところがあっても笑わないでいただきたいと付け加えたという。そしていよいよ原が登壇した。

　原君は右手の口から、何時もよりもつとずつと蒼白な顔をして、靴音を立てながら出て来た。神経を前方に鋭く注いで、何時もの猫背の姿勢で、脚と手をあやつり人形のやうに振りながら、何かに体当りをするやうな勢で、演台の机の前に立つた。両手を机にかけ、俯向き加減の蒼い顔を、少し斜めに上にあげると、嘔吐でももよほすやうに、口を大きくいびつに開いた。それから受賞の挨拶を喋り出した。私は思はず涙が出た。

（丸岡明「原爆と知識人の死」より）

こうして上京三年目の年は暮れた。翌一九四九（昭和二十四）年二月には小説集『夏の花』が刊行され、初めて「群像」から百枚の小説を依頼される。作家として新しい段階に入った原だが、その人生の時間は、二年あまりしか残されていなかった。

四　永遠のみどり

遠藤周作との友情

『三田文学』の編集部があった能楽書林のビルは、二階に丸岡明と家族の居室、一階に原の居室があった。ここで暮らし始めたことで、原の周囲は賑やかになった。

原は熱心な編集者だった。「死について」「愛について」「狂気について」などの主題で特集を組み、一方で新人の発掘と育成に力を入れた。若手作家に原稿を依頼する手紙が残っているが、そこには的確なアドバイスと励ましの言葉が綴られている。

慶應の後輩にあたる若い作家や詩人たちとの交流も始まった。とりわけ親しくなったのは遠藤周作である。

遠藤が原と初めて会ったのは、原が能楽書林のビルに住み始めて約半年後の一九四八(昭和二十三)年六月である。その年の春に慶應大学文学部仏文科を卒業した遠藤は、学生時代の友人に連れられて、能楽書林で開かれていた「三田文学」の合評会に参加した。着物姿の丸岡の横に、洒落た縁なし眼鏡をかけた男が座っていて、前月の「三田文学」に掲載された小説を痛罵していた。あまりの厳しさに、遠藤の友人は、「あの方は、どなた、ですか」と隣の人に尋ねた。すると、むくんだ顔のその人は、「柴田錬三郎だよ。君たちは初めてなの」と言って、その部屋にいる人たちの名前を親切に教えてくれた。

勝本清一郎、渡辺喜恵子、鈴木重雄、そして彼は最後に部屋の隅で郵便局員のような黒の詰襟を着たまま、窓の外の雨にぬれた樹木を見ている男をさして、

「原民喜さん」

と小声で言った。

こちらの視線に気づいたのか、黒詰襟の人はじっと私たちを見つめた。あわてて頭をさげたが、彼は黙ったまま、じっと私を見つづけている。あわてて私は亦、礼をしたが、向うはこっちの顔を相変らず見つめているだけである。

これが私が原民喜氏に会った最初だ。氏を私に教えてくれたむくんだ顔の人は劇作家の加藤道夫だった。

（遠藤周作「原民喜」より）

遠藤は学生時代にいくつかの評論が「四季」や「三田文学」に掲載されていたが、映画の世界で仕事をしたいという夢が諦められず、卒業後、松竹大船撮影所の助監督試験を受けた。しかし不採用となり、カトリック・ダイジェスト社と、川端康成や高見順らが作った出版社である鎌倉文庫で編集の手伝いをしていた。ともに常勤の仕事ではなく、自分は何になるのかわからないまま、世田谷区経堂にあった父親の家で勉強するか、「三田文学」の編集室に通うかする毎日だった。

貧しい身なりをした無口な原に遠藤はなぜか心をひかれ、しばしば部屋を訪ねた。そこは寒々とした殺風景な部屋で、机と本箱が一つずつと押し入れの中のトランクが原の全財産だった。

とにかく私は一週に一度はこの原さんの部屋に行っていた。原さんは机に頬杖をついて、ぼんやりと窓のむこうの塀の上にひろがる空を見ている。私は自分が孤独であるのも嫌いだが他人が一人ぽっちでいるのを見るのもたまらない。だから私は彼の部屋で絶えまなく、しゃべり、騒ぎ、そして原さんはキョトンとしてこの喧噪な後輩を見つめて溜息をついているだけだった。だが時々、原さんの澄んだ眼が、なにか怯えたような光をおびることがある。なぜ彼がそんな怯えた眼をするのか、よくわからなかった。

（同前）

知り合ったとき遠藤は二十五歳、原は四十二歳。原も遠藤に心を許し、年齢差のある二人の不思議な友情が始まった。

原は毎日、外食券食堂で食事をしていた。終戦直後にくらべれば改善したとはいえ、まだ食糧事情がよくなかった当時、地区の役所が発行する外食券とよばれるチケットがなければ主食を外でとることはできなかった。食事の世話をしてくれる人のいなかった原は、朝昼晩の三食すべてを殺風景な外食券食堂でとっていたのだ。

遠藤周作（樹上）と原民喜
1948（昭和23）年撮影（提供：日本近代文学館）

広島市立中央図書館に収蔵されている原の遺品の中に、「供食整理票」と謄写版で印刷された紙がある。B5判を縦半分に切ったくらいの大きさのザラ紙である。発行者は「財団法人東京都食堂協会神田支所神保町第二食堂」になっており、「豫託者」という欄に原の名前が手書きされている。罫線で区切られた小さなスペースが三十一日×三食分あり、そこには食事をとった印の赤いハンコがびっしりと押されている。

四つに畳んだ折り目が擦り切れているから、原はそれを財布の中に入れていたのだろう。原の友人たちは、定期入れのような形のその財布に、半透明のハトロン紙に包んだ妻の写真が入っていることを知っていた。

外食券食堂でひとり質素な食事をとったあと、原が部屋に戻って原稿を書いていると、遠藤が訪ねてくる。原の部屋は道路に面しており、遠藤はいつも外からコツコツと窓を叩いた。すると原が出てきて、連れ立って飲みに出かける。行きつけは、能楽書林から電車通りを越えた先の裏通りにあった龍宮という小さな店だった。原が首に繃帯をまいた女の子の絵を見てやったあの店である。原は貧しい暮らしの中から、遠藤に焼酎と湯豆腐をおごった。

能楽書林での合評会で顔を合わせる以前に、「三田文学」の編集者としての原に遠藤が原稿を送ったことがわかる葉書も残っており、普通に言えば二人は文学上の先輩と後輩ということになる。だが、かれらの関係にはそれ以上のものがあった。

内向的で人見知りの中年作家と、騒がしくて悪戯好きな若者。周囲からも奇妙なコンビと思われていた原と遠藤の前に、ある日、ひとりの若い女性が現れる。のちに遠藤が、「夢の少女」

と呼び、原が「キセキダ、キセキダネー、アノヒトニアッタノハ」と遠藤に語った、祖田祐子という女性である。

タイピストのお嬢さん

原と遠藤が知り合って一年が過ぎた一九四九(昭和二十四)年の夏のことだった。

その日の夕暮れ、遠藤は「三田文学」の仲間である根岸茂一と一緒に原を引っぱり出し、能楽書林から電車通りに向かう道を散歩していた。すると突然、一羽の鶏が羽ばたきをしながら三人の方に逃げてきた。後ろから籠を持った若い女性が追いかけてくる。遠藤と根岸は鶏に飛びついてつかまえ、彼女に渡してやった。

根岸が遊びに来ないかと誘うと、女性は笑ってうなずき、十分後に行くと言った。遠藤はこのときのことを、原の思い出を綴ったエッセイに書いている。

大急ぎで原さんの部屋にかえった。「原さん、掃除を大至急やって、菓子と花とを買ってきましょう。」と云うと「ウン、ハナ、ハ、アカイノガイイネー」と答えた。原さんがチョコ〳〵と部屋を丸く掃き、敏足の根岸が菓子を買って来たが、少女はまだ来ない。能楽書林の窓に三人でしがみついて「来ないな、来ないな」と騒いでると丸岡さんが「何してる」と二階から降りて来た。……この少女が原さんの晩年の小説、詩にでてくるU子嬢である。

（遠藤周作「原民喜と夢の少女」より）

遠藤と根岸は原に、「あんたがこの部屋の主人なんだからね、あのお嬢さんが来たら話しなさいよ」とけしかけた。原は「そんな、馬鹿な」と当惑する。

だがいくら待っても彼女は来ず、遠藤たちは気抜けして家に帰った。翌日、遠藤が部屋を訪ねると、原は真剣そのものの顔で声をひそめた。

「あのね。あの娘さんが、寿司をね、夜、持って来たんだよ」

遠藤は驚き、彼女とどんなことをしゃべったのかと聞くと、原は「なにもね。しゃべらなかったよ。ぼくはね、本を貸しただけだよ」と言った。

この日以来、U子すなわち祐子は、ときおり原を訪ねてくるようになった。

遠藤は「少女」と書いているが、当時の祐子は二十一歳である。日本橋の占領軍事務所で働くタイピストで、能楽書林に近い進駐軍接収住宅で家族と一緒に暮らしていた。

原は彼女と一度お茶を飲みに行きたいと思ったが誘うことができず、丸岡に相談する。丸岡は「群像」の大久保房男に、一緒に行ってやってくれないかと頼んだ。

大久保は当時二十八歳で、原の孤独な生活を気にかけていた。原は大久保に付き添われて神田の喫茶店で祐子とお茶を飲んだが、ただ座っているだけで話をすることができない。歯がゆい思いで見ていた大久保は、彼女が帰った後、原をからかった。

「原さん、あんたがいつまでも何も言わんのなら、ぼくがあの人と結婚するが、それでもいいか」

原は「結婚してもいいよ」と悲しそうに答え、「そのかわりね、ぼくはね、毎日、君の家に行くけどね」と言ったという。

その後、原は彼女が勤めから帰ってくるのを待って、時々一緒に喫茶店に行くようになったが、映画の話をぽつぽつとするくらいで、やはりほとんど黙っているだけだった。

原にとって祐子はどんな存在だったのか。

『定本 原民喜全集』別巻の鼎談で、大久保が、原は祐子に恋愛感情を持っていたのではないかという意味のことを言うと、遠藤は、「あれは恋愛とかなんとかいうより、もっと彼のなかで昇華されててね、やさしいものとか、そういうものの象徴じゃなかったんではないでしょうか」と言って否定している。

さらに、「なんか自分の姪っことかなんかに持つ、もっと精神的なものだったみたいな気がするな。こんな経験があるんですよ」と言って、自分が祐子をデートに誘ったとき、待ち合わせの喫茶店に原がやってきた話を披露している。これは遠藤にとって忘れがたいエピソードだったらしく、エッセイにも書いているので、そこから引用する。


私は彼女とある日、映画に行く約束をした。彼女はすなおに美しく「えゝ。」と答えた。それは夏の暑い午後だった。私は約束した日本橋の喫茶店に一応行ったが、突然、全てが阿呆らしくなって来た。電車が動いている事、人々が忙しげに歩いている事、全てが阿呆らしくなって来た。少女と映画に行く事も阿呆らしくなって来た。私は帰ろうとした。その時、原さんがその喫茶店にあらわれたのだ。

「原さん、何で来たの。」と私は叫んだ。

彼は悲しそうな表情をした。そして
「キミガ、アノヒトヲオイテキボリニスルダロウトオモッタカラ　ミニキタンダ。」

突然、私の胸を悲しみとも悔ともつかぬものが一杯にしめつけた。

「大丈夫だよ。原さん、大丈夫だよ。ぼく必ずこゝに居るよ。」

「ソー　ソンナラアンシンシタヨ。ボクハカエルヨ。」

そして夏の午後の日本橋の行き交う人群のなかにその肩と肩とを押し合う歩道の流れのなかに原さんはポケットに手を入れ、とぼ、とぼと猫背で消えていった。私はそれを泪をこぼしながら見つめていた。

（同前）

一見明るく社交的な遠藤の中に、「突然、全てが阿呆らしく」なるような醒めた虚しさがあることに原は気づいていた。そしてそれが若い祐子を傷つけることを怖れたのだ。

遠藤は十歳のときに両親が離婚、以後、母とともに暮らしたが、旧制中学を卒業して何度か受験に失敗する中、再婚して東京の経堂に住んでいた父親の家で暮らすようになった。母を裏切った父を憎みながら、その世話になっているという葛藤を抱えており、大久保房男は「若い頃の遠藤周作はどんなに親しくなっても、家庭のことは話さなかった」（遠藤周作『死について考える』解説）と書いている。

遠藤は祐子のことを「原さんが死ぬまで荒涼とした彼の生活をほのかに暖めてくれる存在となった」（「原民喜」）と書いているが、では原自身は祐子のことをどう書いているのか。

祐子が登場する原の小説は、「永遠のみどり」と「心願の国」で、ともに原の没後に発表された最晩年の作品である。

……それは恋といふのではなかつたが、彼は昨年の夏以来、ある優しいものによつて揺すぶられてゐた。ふとしたことから知りあひになつた、Uといふ二十二になるお嬢さんは、彼にとつて不思議な存在になつた。最初の頃、その顔は眩しいやうに彼を戦かせ、一緒にゐるのが何か呼吸苦しかつた。が、馴れるに随《したが》つて、彼のなかの苦しいものは除かれて行つたが、何度逢つても、繊細で清楚な鋭い感じは変らなかつた。彼はそのことを口に出して讃《ほ》めた。すると、タイピストのお嬢さんは云ふのだつた。

「女の心をそんな風に美しくばかり考へるのは間違ひでせう。それに、美はすぐにうつろひますわ」

彼は側にゐる、この優雅な少女が、戦時中、十文字に襷《たすき》をかけて挺身隊にゐたといふことを、きいただけでも何か痛々しい感じがした。一緒にお茶を飲んだり、散歩してゐる時、声や表情にパッと新鮮な閃めきがあつた。

（「永遠のみどり」より）

心のなかで、ほんとうに微笑めることが、一つぐらゐはあるのだらうか。やはり、あの少女に対する、ささやかな抒情詩だけが僕を慰めてくれるのかもしれない。U……とはじめて知りあつた一昨年の真夏、僕はこの世ならぬ心のわななきをおぼえたのだ。それはもう僕にとつて、地上の別離が近づいてゐること、急に晩年が頭上にすべり落ちてくる予感だつた。いつも僕は全く清らかな気持で、その美しい少女を懐しむことができた。

（「心願の国」より）

「眩しいやうに」「新鮮な閃めき」などと書いているように、原は繊細さや優雅さと同時に、若々しい生命力を祐子に感じていた。だがそんな彼女との出会いは、原に生きる力を与えるのではなく、反対に「地上の別離」、つまり死の予感をもたらすものだった。祐子の存在は、死につながる道を清らかに照らす光のようなものだったのだ。その道の先で待っているのは、先に逝った貞恵だった。

鎮魂歌

一九四九（昭和二十四）年五月、「群像」編集長の高橋清次から百枚の小説を依頼された原は、翌月に「鎮魂歌」を書き上げた。祐子と知り合う直前のことである。依頼から締め切りまで約一か月しかなく、しばらく「三田文学」の編集業務から離れて執筆に専念した。

「群像」八月号に掲載された「鎮魂歌」は、「僕」という一人称で語られる。被爆体験、その後の東京での暮らし、妻との思い出などが描かれるが、それらは断片として途切れ途切れに読者の前に提示され、もはや小説としての結構を持たない長大な散文詩のような作品になっている。「僕」の耳に聴こえてくるさまざまな声と言葉。一瞬の幻のように立ち現れては消えてゆく父や姉、妻、友人、原爆の死者たちの姿――。原が死を選ぶに至る過程を見ていくときに欠くことのできない作品だが、主情的かつ難解であり、発表当時の評判はよくなかった。

「夏の花」で抑制的に描かれた原爆の死者たちは、ここでは原自身の魂に突き刺さり、存在を根底から揺さぶるものとして、饒舌に語られる。

おんみたちの死は僕を戦慄させた。死狂ふ声と声とはふるさとの夜の河原に木霊《こだま》しあった。

真夏ノ夜ノ
河原ノミヅガ
血ニ染メラレテ　ミチアフレ

声ノカギリヲ
チカラノアリツタケヲ
オ母サン　オカアサン
断末魔ノカミツク声
ソノ声ガ
コチラノ堤ヲノボラウトシテ
ムカウノ岸ニ　ニゲウセテユキ

それらの声はどこへ逃げうせて行つただらうか。おんみたちの背負されてゐたギリギリの苦悩は消えうせたのだらうか。僕はふらふら歩き廻つてゐる。僕のまはりを歩き廻つてゐる無数の群衆は……僕ではない。僕ではない。僕ではない。僕ではなかつたそれらの声はほんたうに消え失せて行つたのか。それらの声は戻つてくる。僕に戻つてくる。それらの声が担つてゐたものの荘厳さが僕の胸を押潰す。戻つてくる、戻つてくる、いろんな声が僕の耳に戻つてくる。

アア、オ母サン　オ父サン　早ク夜ガアケナイノカシラ
窪地で死悶えてゐた女学生の祈りが僕に戻つてくる。

兵隊サン　兵隊サン　助ケテ

鳥居の下で反転してゐる火傷娘の真赤な泣き声が僕に戻つてくる。

アア　誰カ僕ヲ助ケテ下サイ　看護婦サン　先生

真黒な口をひらいて、きれぎれに弱々しく訴へてゐる青年の声が僕に戻つてくる、戻つてくる、戻つてくる、さまざまの嘆きの声のなかから、

ああ、つらい　つらい

と、お前の最後の声が僕のなかできこえてくる。さうだ、僕は今漸くわかりかけて来た。僕がいつ頃から眠れなくなつたのか、何年間僕が眠らないでゐるのか。……あの頃から僕は人間の声の何ごともない音色のなかにも、ふと断末魔の音色がきこえた。面白さうに笑ひあつてゐる人間の声の下から、ジーンと胸を潰すものがひびいて来た。何ごともない普通の人間の顔の単純な姿のなかにも、すぐ死の痙攣《けいれん》や生の割れ目が見えだして来た。いたるところに、あらゆる瞬間にそれらはあつた。人間一人一人の核心のなかに灼《や》きつけられてゐた。人間の一人一人からいつでも無数の危機や魂の惨劇が飛出しさうになつた。それらはあつた。それらはあつた。それらはあつた。それらはあつた。それらはきびしく僕に立ちむかつて来た。僕はそのために圧潰《おしつぶ》されさうになつてゐるのだ。僕は僕に訊ねる。救

ひはないのか、救ひはないのか。だが、僕にはわからないのだ。僕は僕の眼を振ぎとりたい。僕は僕の耳を截《き》り捨てたい。だが、それらはあつた、それらはあつた、僕は錯乱してゐるのだらうか。

（「鎮魂歌」より）

被爆メモに書きとめられた瀕死の隣人たちの声と姿が、「夏の花」に続いてここにも登場している。その声がいかに深く原の中に喰い込んでいたか、その姿が戦後の時間の中でどれだけ繰り返しよみがえってきたかがあらためてわかる。

終戦から四年をへて、人々の意識の中で惨禍の記憶は遠くなりつつあった。生きていくために悲しみは封印され、死者は遠ざけられる。原自身の暮らしも終戦直後に比べて落ち着いていたが、それと逆行するように、惨劇の渦中や直後にあった抑制と冷静さをかなぐり捨てた文章を原は書いている。

被爆メモの静謐で客観的な文体が、原の文学的直観によって選択されたものであったように、「鎮魂歌」の破綻ぎりぎりの語りもまた、この時点で描こうとしたものをもっともよく伝えうる表現として意識的に選ばれたものであったろう。語りのリズムは悲痛でありながら異様なエネルギーに満ち、読み手の身体にじかに触れてくるような迫力がある。

そして、基調低音のように繰り返される「自分のために生きるな、死んだ人たちの嘆きのためにだけ生きよ」というフレーズ。このときすでに、原が生きる理由は、「嘆き」だけになっていた。

僕は突離された人間だ。還るところを失つた人間だ。突離された人間に救ひはない。還るところを失つた人間に救ひはない。

では、僕はこれで全部終つたのか。僕のなかにはもう何もないのか。僕は回転しなくてもいいのか。僕は存在しなくてもいいのか。違ふ。それも違ふ。僕は僕に飛びついても云ふ。

……僕にはある。

僕にはある。僕にはある。僕にはまだ嘆きがあるのだ。僕にはある。僕にはある。僕には一つの嘆きがある。僕にはある。僕にはある。僕には無数の嘆きがある。

一つの嘆きは無数の嘆きと結びつく。無数の嘆きは一つの嘆きと鳴りひびく。僕は僕に鳴りひびく。鳴りひびく。鳴りひびく。嘆きは僕と結びつく。僕は結びつく。僕は無数と結びつく。

（同前）

「鎮魂歌」は死に向けて歩みを進めていった原の軌跡があらわれた作品である。終戦直後、「夏の花」を書き、貞恵の死の前後を書き、彼女に捧げる詩の数々を書いたときの原は、書くべきものを書くという意欲に燃えていた。住まいを転々とする落ち着かない暮らしの中で、衰えた身体に鞭打って書き続けたのである。だがその後、心身に刻まれて消えることのない惨禍の記憶と向き合う中で、死者たちのいる方へと魂は引き寄せられていった。

それでも原は、地上の美しさをいとおしむ気持ちを失ったわけではなかった。「鎮魂歌」の最後は、次のように締めくくられている。

隣人よ、隣人よ、君たちはゐる、ゆきずりに僕を一瞬感動させた不動の姿で、そんなに悲しく。

そして、妻よ、お前はゐる、殆ど僕の見わたすところに、最も近く最も遥かなところまで、最も切なる祈りのやうに。

死者よ、死者よ、僕を生の深みに沈めてくれるのは……ああ、この生の深みより仰ぎ見るおんみたちの静けさ。

僕は堪へよ。静けさに堪へよ。幻に堪へよ。生の深みに堪へよ。堪へて堪へて堪へてゆくことに堪へよ。一つの嘆きに堪へよ。無数の嘆きに堪へよ。嘆きよ、嘆きよ、僕をつらぬけ。還るところを失つた僕をつらぬけ。突き離された世界の僕をつらぬけ。
明日、太陽は再びのぼり花々は地に咲きあふれ、明日、小鳥たちは晴れやかに囀るだらう。地よ、地よ、つねに美しく感動に満ちあふれよ。明日、僕は感動をもつてそこを通りすぎるだらう。
（同前）

死者に呼びかけ、嘆きと祈りを叫ぶように記したあとに、原は明日の世界を祝福する言葉を置いた。この「鎮魂歌」を書き終えた直後に、原が祐子と出会っていることは象徴的かもしれない。彼女との出会いは、原の死の歯止めにはならなかった。しかしその存在が、自分が去った後の世界の美しさを願い、幸福を祈る気持ちをより強くしたことは確かだろう。

大江健三郎は、原の自死についてこう書いている。

原民喜は狂気しそうになりながら、その勢いを押し戻し、絶望しそうになりながら、なおその勢いを乗り超えつづける人間であったのである。そのように人間的な闘いをよく闘ったうえで、なおかつ自殺しなければならなかったこのような死者は、むしろわれわれを、狂気と絶望に対して闘うべく、全身をあげて励ますところの自殺者である。

（大江健三郎　新潮文庫版『夏の花・心願の国』解説より）

雲雀のように

あの鶏はシャモだったんですよ、と彼女は微笑んで言った。

「だから気性が荒くて、うちを逃げ出しては、能楽書林の丸岡さんのところで飼われていた鶏に喧嘩を仕掛けに行っていたんです。あちらは確か白色レグホンでした。食料が不足している時代でしたから、鶏を飼っている家が多かったんですね。ええ、それが原さんたちと知り合うきっかけでした」

原の小説と、晩年の原の周囲にいた人たちが書いた回想の中にだけ存在していた祐子の消息が分ったのは、二〇一七（平成二十九）年六月のことである。「タイピストのお嬢さん」は八十九歳になっていた。

「あの日の夜、鶏をつかまえてもらったお礼に持って行ったお寿司は、私の母が持たせてくれたものです。能楽書林はご近所でしたから、母は、原さんがあそこに一人で住んでいらっしやることを知っていたんですね。それで、〝持って行って差し上げたら？〟と」

祐子の消息がわかったのは、広島市で行った講演がきっかけだった。

私は二〇一五（平成二十七）年に、作家の恋愛と結婚をテーマにした『愛の顚末』という本を刊行した。そこで取り上げた十二人の作家のうちの一人が原民喜で、取材の際には広島市立中央図書館を訪れ、収蔵されている書簡や原稿などを閲覧させてもらった。その縁で、同年秋に同図書館で講演をしたのだが、終了後に図書館のスタッフが、「今日聴きにいらした方の中に、東京にお住まいの祖田祐子さんにもこのお話を聴かせてあげたかった、とおっしゃっていた方がいました」と言ったのだ。

それを聞いた私は、あの祖田祐子が生きているのかと一瞬驚いた。原たちと出会ったときの年齢から計算すると八十代で、健在でも少しもおかしくないのだが、原と遠藤が描いた彼女の像はあまりに清らかで、実在の人だとわかってはいても、どこか現実味がなかった。だが、その日の聴衆の中に、現実の彼女を知る人がいたのである。それは彼女の居場所を探すことが不可能ではないことを意味したが、気になりつつもそのときはそのまま聞き流した。

やはり彼女を探してみようと思ったのは、原がフランスにいた遠藤に送った遺書が見つかったという新聞記事を読んだのがきっかけだった。

二〇一七（平成二十九）年の春、原民喜の名前でインターネットを検索していたときに見つけたその新聞記事は、長崎市の遠藤周作文学館に遺族から寄贈された資料の中から、原民喜の遺書が見つかったという内容だった。私がネットで記事を見つけた時点より三年ほど前の、二〇一四（平成二十六）年五月十四日付の時事通信である。記事には遺書の本文が引用されていた。

　これが最後のたよりです　去年の春はたのしかつたね　では、お元気で……。

遠藤宛ての遺書は、『定本　原民喜全集』第三巻に収録されている。照らし合わせてみると、微妙に文面が違っていることに気づいた。全集の方はこうなっている。

　これが最後の手紙です。去年の春はたのしかつたね。では元気で。

遠藤は、本稿でたびたび引用したエッセイ「原民喜」の中で、リヨンで受け取った原の遺書を紹介している。確認すると、その文面は全集と同一だった。おそらく全集を編纂した時点では遺書の現物の所在がわからなかったため、遠藤の「原民喜」から引用したのだろう。

遠藤宛ての遺書に出てくる「去年の春」の「たのしかつた」こととは何か。それは、原が自死する前年の一九五〇（昭和二十五）年春に多摩川でボート遊びをしたことだ。原を楽しませようと、遠藤が祐子を誘ったのである。

新宿駅西口の待ち合わせ場所に、祐子は二歳下の従妹を連れてきた。原は自分の持っている一番いい服である紺の背広をトランクから引っぱり出し、赤いネクタイを締めてやってきた。

晴れて早春らしい日和の日だった。私は原さんとお嬢さんたちを乗せて多摩川のボートをこいだ。ボートの端に不器用に腰かけながら彼は嬉しそうに笑った。川の水はあたたかく岸の茶店で彼女たちはおでんをたべ、原さんと私は麦酒をのんだ。

ぼくはね、ヒバリです。とその時、彼は急に言った。ヒバリになっていつか空に行きますと呟いた。あの時、なぜ急に彼がそういうことを言ったのか私にはわからない。既に彼は自殺を決心していたのだろうか。空に行くというのはそういう意味だったのか、私はその時ただ冗談ととったただけだった。

（遠藤周作「原民喜」より）

早春の一日を懐かしむ言葉を残して原は逝った。原が遠藤に送った短い遺書の意味を理解できるのは、遠藤本人を除けば祐子だけだったろう。それは三人が共有するあたたかな記憶だった。

『定本　原民喜全集』第三巻には、原が祐子に宛てた遺書も収録されている。

祐子さま
とうとう僕は雲雀になつて消えて行きます　僕は消えてしまひますが　あなたはいつまでも　お元気で生きて行つて下さい
この僕の荒涼とした人生の晩年に　あなたのやうな美しい優しいひとと知りあひになれたことは奇蹟のやうでした
あなたとご一緒にすごした時間はほんとに懐しく清らかな素晴らしい時間でした
あなたにはまだ娯《たの》しいことが一ぱいやつて来るでせう　いつも美しく元気で立派に生きてゐて下さい
あなたを祝福する心で一杯のまま　お別れ致します
お母さんにもよろしくお伝へ下さい

冒頭に出てくる「とうとう僕は雲雀になつて消えて行きます」という一文は、ボート遊びの日に遠藤が聞いた「ヒバリになっていつか空に行きます」という言葉と対応している。つまり祐子への遺書にも、原は多摩川で過ごした春の日のことを書いているのだ。

二人への遺書を改めて読んだ私は、やはり祐子に会いに行こうと思った。原も遠藤も、もうこの世にない。あの春の日の幸福な時間と、三人の不思議な友情について語れるのは、彼女だけなのだ。

三人の特別な日々

広島市立中央図書館のスタッフに祖田祐子の消息を知りたいと相談したところ、原民喜の研究者である竹原陽子氏なら知っているかもしれないという。竹原氏に問い合わせると、数年前に一度会ったことがあるということだった。竹原氏から祐子に連絡を取ってもらい、会いたいと伝言すると、了承の返事が返ってきた。こうして私は、祐子に会えることになったのである。

彼女は結婚して姓が変わっていた。東京都内の自宅を訪ねると、老女という言葉の似合わない若々しい女性が迎えてくれた。眼に独特の光のある美しい人で、向きあっていると、原が出会った時代の面影が見えるようだった。

一九二八(昭和三)年に生まれ、東京の大井で育ったが、終戦の年の春に高等女学校を卒業したあと、家族と島根県の出雲に疎開した。終戦後は出雲でしばらく銀行に勤め、その後は洋裁を学んで仕立物をしていたが、保険会社に勤めていた父が東京の職場に戻ることになり、一家で東京に帰ってきた。

東京では都庁に勤めながら英文タイプを学び、日本橋にあった占領軍事務所に転職する。原たちと知り合ったのはこの頃である。

「原さんのお書きになったものを、私は当時、ひとつも読んでいませんでした。境遇についても、原爆に遭われたということはどなたからか聞いたと思いますが、原さんは身の上話などなさらない方で、奥さまのこともお話しになりませんでした」

祐子もあまりしゃべらないほうで、原と喫茶店で向かい合ってもほとんど黙ったままで過ごした。

「下を向いて、膝の上で指を動かしてタイプの練習をしたりしましてね」

一方の遠藤は、原とは対照的にいつも賑やかで、冗談を言って周りを笑わせていた。日本橋で待ち合わせて二人で映画に行ったことがあるか聞いてみたが、それは記憶にないという。

「遠藤さんと二人だけで会ったことはほとんどなかったと思います。覚えているのは一度だけで、ある日遠藤さんが、うちに来いよ、とおっしゃったんです。俺の家は経堂にあるんだ、いま母親がいるから、って。遠藤さんも身の上話はなさいませんでしたから、家がどこにあるかなんていうことも、そのとき初めて知りました。行ってみたらお母さまはいらっしゃらなくて、遠藤さんは緊張した様子で、お茶とドロップスを持ってきてくれましてね。そのドロップスを食べようとしたら、蠟か何かでできたニセモノだったんです。私がびっくりしたら、遠藤さんは大きな声で笑って……。そんな楽しい思い出があります」

祐子から見ると、なぜそこまでできるのかと思うほど遠藤は親身に原の世話を焼いていたという。

「遠藤さんはいつもふざけていましたから、傍からはどう見えたかわかりませんが、心から原さんを尊敬し、大切に思っていたのだと思います」

祐子がそう言うのを聞いて、広島市立中央図書館で見た、遠藤から原への書簡を思い出した。

原さん。ぼくが、原さんのことをどんなにぼくの人生と文学にとつて大事な人であるかと考へてゐる心情をお知り下されば、ぼくが原さんから離れるなんて、御想像だになさらないでせうに。

ぼくは多くの過失あるイヤな人間です、イヤな人間故に自分の信じえる人からは生涯離れませぬ。ぼくが、原さんの文学と人生とによつて、どんなに慰められたか、そして貴方をどんなに信じてゐるかをお想ひ下さい

御心配かけてすみませんでしたが、御存知の事情だつたので、だれにも話せなかつたのです、御察し下さい。いろ〳〵辛うございました。（昭和二十四年十一月八日付書簡より）

これはレポート用紙に書かれた手紙の一部で、三田文学東京支部宛ての始末書が同封されている。毛筆で書かれ、落款が押された始末書は「私儀先般過飲ノ為不始末ヲ起シ先輩御一同ニ御心配ヲオカケシマシタガ、今後決シテ酒乱致サザル様注意イタシマス」と、酒の上での不始末を謝罪する内容である。

「いろ〳〵辛うございました」という言葉からは、当時の遠藤が個人的な悩みを抱えていたことが推察できる。「御存知の事情」とあるように、それを原には打ちあけていたのだろう。

こんな葉書もある。

ぼくはこの頃、とても、寂しくてたまりません

酒でごまかすのですが、そのあとが余計にさびしく、つくづく生きるのが辛いと思ひます
そして又、文学が辛いと思ひます。本はよんでゐますが、なか〳〵書けません。だめです
一度又どつかにつれていつて下さい
（昭和二十五年三月二十四日消印）

これらの書簡は遠藤の全集にも収録されていない。私は広島でこの二通を目にしたとき、それまで思っていたのとは違う、原と遠藤の関係を見たように思った。表面上は、若くて元気な遠藤が孤独で不器用な原を支えていたように見えて、実は、遠藤の方が原に深く支えられていたのだ。

二通目の葉書の消印は昭和二十五年三月二十四日だが、原が遠藤と祐子への遺書に書いた多摩川でのボート遊びは、遠藤のエッセイ「原民喜」によればこの年の早春である。文中の「一度又どつかにつれていつて下さい」は、多摩川に行ったときのことを踏まえた言葉と考えることもできる。遠藤は「原民喜」の中で、あのハイキングは原のために企画したものだという書き方をしているが、遠藤自身が、ああした時間に深くなぐさめられていたのかもしれない。

多摩川でボートに乗ったことを覚えているかと祐子に聞いてみた。すると彼女は「ええ、ええ。あれは楽しかったですねえ」と顔をほころばせた。

「祐子さん宛ての遺書の最初に、雲雀の話が出てきますけど……」と言うと、「ボート遊びのときに、雲雀になると原さんがおっしゃったことはよく覚えています。でもそれが何を意味するのかは、あのときは思いもつきませんでした」という答えが返ってきた。

「あとになって、そういうことだったのか、と思いましたけれど……。原さんはご自分の辛さを何も口にされなかったし、私はといえば、原さんがお書きになったような繊細なタイプではなくて、もっと大雑把な人間なんです。だから、何か言ってくだされればよかったのに、と思ったこともありますが、きっと何もおっしゃりたくなかったのだろうと、そのお気持ちもわかるような気がします」

原からの遺書を見せてもらった。ほかの人たちに宛てた遺書とともに原の下宿の部屋に置かれており、人を介して受けとったという。四百字詰めの原稿用紙の一枚目に二三七ページで引用した「祐子さま」で始まる文章が、二枚目に「悲歌」という詩が、こぢんまりとした字で書かれていた。

悲歌

濠端の柳にはや緑さしぐみ
雨靄につつまれて頬笑む空の下

水ははつきりと　たたずまひ
私のなかに悲歌をもとめる

すべての別離がさりげなく　とりかはされ
すべての悲痛がさりげなく　ぬぐはれ
祝福がまだ　ほのぼのと向に見えてゐるやうに

私は歩み去らう　今こそ消え去つて行きたいのだ
透明のなかに　永遠のかなたに

原が自死したことをどう思うかと訊いてみた。彼女は少し時間をおいて、「……肯定します」

と言った。

「二十歳そこそこだった私は原さんの苦しみを理解してさしあげることなどできませんでしたし、いまもそうだと思います。でも、どうしてそんなことを？　と問うのではなくて、そうですか、そのようになさったんですね、と、そのまま受け止めたいのです」

彼女は特に文学好きというわけではなく、原とも遠藤とも話題らしい話題はなかったという。恋愛でもないし、父や兄のように思っていたわけでもない。なのに、うら若い女性が、よくわからない仕事をし、夜になると安酒場で飲んでいる貧乏な男たちと、なぜ頻繁に一緒に過ごしていたのか。

「当時の私は、タイプの腕は周囲とくらべものにならないくらい低くて、英語も下手。何とか一人前にならなければと思って、夜は英語学校に通ったりと、毎日必死でした。女学校時代の友人たちとは戦後の混乱で連絡がつかず、一人ぼっちで心がいつも苦しかった。そんな中で偶然、原さんや遠藤さんと知り合いました。傍から見たらおかしな組み合わせだったでしょうけれど、三人でいると、不思議にほっと息をつくことができた。いま振り返っても、あの時間だけが、ぽっかりと宙に浮いているような……。お互いのことをよく知らず、知る必要もないことが、かえってよかったのかもしれません」

三人の関係を何と言ったらいいのでしょうと問うと、祐子は「仲間、でしょうか」と答えた。

妻を亡くし、原爆に遭い、避難先の家にも居づらくなってひとりで東京に出てきた原。徴兵を目前にして戦争が終わり、母を傷つけた父が現在の妻と暮らす家に住むことになった遠藤。疎開先から帰ったが元の家には戻れず、進駐軍の接収住宅(焼け残ったぼろ屋だったという)にいた祐子。終戦まもない東京でなければ出会わなかったであろう寄せ集めのような三人は、確かにあの時期、「仲間」だったのかもしれない。

一九四九(昭和二十四)年の夏に出会い、翌年の六月に遠藤はフランスに留学、そしてその翌年に原が自死。三人が一緒にいたのは結局、一年足らずだった。祐子はその後、アメリカ広報文化交流局に移り、ラジオ番組の制作などを担当したのちに結婚して主婦になる。遠藤は帰国して小説家になった。祐子によれば、遠藤とはその後、原の命日に友人たちが集まる「花幻忌」で何度か顔を合わせたほかは交流はなかったという。あの一年は、つかのまの陽ざしにあたためられたような、特別な日々だったのだ。

微笑みかけてくるもの

祐子に話を聞き、遺書を見せてもらった後、遠藤周作文学館を訪ねた。日本からフランスへ航空便で送られ、遠藤の帰国とともにまた日本へと、半世紀以上前に二度海を渡った手紙を、この目で見てみたかったのだ。

遠藤周作文学館は長崎市外海地区にある。『沈黙』の舞台となった隠れキリシタンの里である。長崎駅から文学館に向かうバスの中で、私は興奮を抑えかねていた。東京から文学館に電話をした際、ふと思いついて、遺書が発見されたとき、原がフランスの遠藤に宛てたほかの手紙が出てきませんでしたか、と訊いてみたところ、あります、という答えが返ってきたのだ。

遺書以外の手紙は二通あり、消印は、原の自死の前年である一九五〇（昭和二十五）年八月二十九日と、同十一月十五日。遺書を文学館で公開した際、同時に展示したが、図録等には収録せず、これまで一度も活字になったことはないという。その二通も見せてもらえることになっていた。

文学館に着き、収蔵庫の隣にある閲覧室で待っていると、学芸員の女性が三通の手紙を運んできた。まずは遺書を見る。

祐子宛ての遺書はB４判の原稿用紙に書かれていたが、こちらはもっとずっと小さく、文庫本ほどの大きさの薄手の紙を二つ折りにしてある。おそらくはグリーティングカードの体裁を意識したのだろう、扉に当たる面に「これが最後のたよりです」で始まる遺書の本文が記され、開いた中面に祐子宛ての遺書にもあった詩「悲歌」が書かれている。そして裏面には「碑銘」

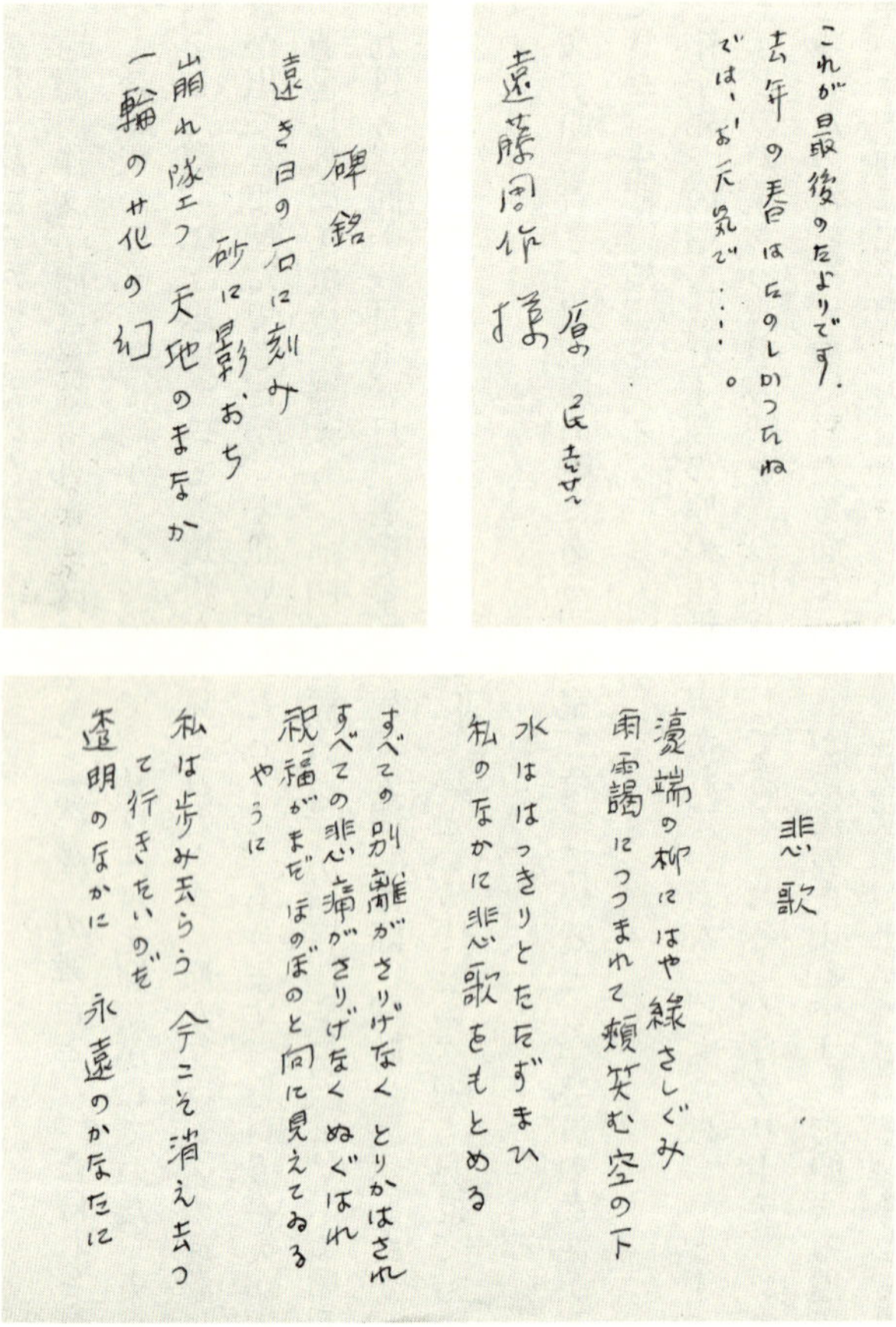
これが最後のたよりです。
去年の春はたのしかったね
では、お元気で……。

遠藤周作様　原民喜

碑銘

遠き日の石に刻み
砂に影おち
崩れ墜つ　天地のまなか
一輪の花の幻

悲歌

濠端の柳にはや緑さしぐみ
雨靄につつまれて頬笑む空の下
水ははっきりとたたずまひ
私のなかに悲歌をもとめる
すべての別離がさりげなく　とりかはされ
すべての悲痛がさりげなく　ぬぐはれ
祝福がまだほのぼのと向に見えてゐるやうに
私は歩み去らう　今こそ消え去つて行きたいのだ
透明のなかに　永遠のかなたに

遠藤周作宛遺書　表面（右上）・裏面（左上）・中面（下）（所蔵：長崎市遠藤周作文学館）

と題された短い詩が置かれている。

碑銘

遠き日の石に刻み
　砂に影おち
崩れ墜つ　天地のまなか
一輪の花の幻

「碑銘」は、原の没後の一九五一（昭和二十六）年十一月に広島城址に建てられ、後年、原爆ドームのそばに移設された原の詩碑に刻まれている。原はみずからの墓碑銘のつもりで、この詩を遠藤宛ての遺書に記したのだろうか。

続いて自死の前年の手紙二通が目の前に置かれた。封筒には、美しい欧文でフランスの住所と「Monsieur Paul Shusaku Endo」という宛名が書かれている。

八月二十九日の消印がある方の手紙は、本のカバーに使われていたと思われるハトロン紙に書かれている。一目見て動悸が激しくなった。右半分に詩が書かれていたのだ。

睡蓮　To My mascot

あれからもう一年がすぎさりましたわ
と　フレエベル館の前で　あなたはいふ
不思議な　ひとよ
あのときの着物ですね
と夕闇の鈴懸のほとりで　僕が爽やかにおどろけば
不思議な　ひとよ
あなたは　にこやかに　うなづく
なにが不思議なのだい　と　遠藤周作は
ルウアンのかなたから　ケラケラ笑ふだらうが
不思議な　ひとよ
僕は　いま　吉祥寺の　二階から

大きな　大きな　雲を見つめてゐるのだ
真夏の　夕ぐれの　青い　鏡に
雲の殿堂は　ゆるやかに
なつかしく

＊翻刻：長崎市遠藤周作文学館

「あなた」とはもちろん祐子である。原がこの詩を記した手紙を書いたとき、神保町の路上で三人が出会った夏の夕暮れから一年がたっていた。「フレエベル館」とは、現在は本駒込にある児童書の出版社フレーベル館のことで、当時は神田小川町の靖国通り沿いにあった。

この頃、原は最後の住まいとなる吉祥寺二四〇六番地（現在の吉祥寺南町）に転居しており、祐子も神田の接収住宅を出て新宿に住んでいた。二人は待ち合わせて神田あたりを散歩したのだろう。歩きながらフランスにいる遠藤のことを話題にしたに違いない。

もう一通、十一月十五日の消印がある手紙にも、祐子と井之頭公園を散歩したことが出てくる。祐子と会ったことを毎回報告しているのは、原の中に、祐子と遠藤と自分はつねに三人組だという気持ちがあったからなのだろう。

原の遺書を遠藤が受け取ったのは、自死から十三日がたった三月二十六日だった。航空便用の封筒に入れ、宛名と住所を記して切手を貼ってあったものを、大久保房男が投函してくれたのだ。その日の遠藤の日記に「しかし貴方の死は何てきれいなんだ。貴方の生は何てきれいなんだ」という言葉があったことは序章で記した。その約七か月後、十月二十五日の日記にはこう書かれている。


原民喜が、その作品の中で描いている、ぼくの像をみると、彼が、ぼくに考えていた事がはっきりわかるのだ。

つまり、ぼくは彼にとって、〈みどりの季節〉の人間であり、荒涼たる冬を経た彼からバトンを引き渡さるべき人間であったに違いないのである。

（一九五一年十月二十五日付日記より）


原の没後に発表された小説「永遠のみどり」に「U」として祐子が出てくることはすでに書いたが、この小説には遠藤も、フランス留学が決まり、生活力のない年長の友人を心配する青年「E」として登場する。

この作品の末尾は次のように締めくくられている。

十日振りに帰つてみると、東京は雨だつた。フランスへ留学するEの送別会の案内状が彼の許にも届いてゐた。ある雨ぐもりの夕方、神田へ出たついでに、彼は久振りでU嬢の家を訪ねてみた。玄関先に現れた、お嬢さんは濃い緑色のドレスを着てゐたので、彼をハツとさせた。だが、緑色の季節は吉祥寺のそこここにも訪れてゐた。彼はしきりに少年時代の広島の五月をおもひふけつてゐた。

（「永遠のみどり」より）

最晩年の原は、朝鮮戦争の勃発によって、ふたたび地上で原爆が使われるのではないかという恐れと不安にさいなまれていたという。しかし一方で、自分たちの世代の後に、新しい時代の新しい人々が現れるという希望を失ってはいなかった。これから海外で学ぶ遠藤と、緑色のドレスを着た祐子は、その象徴として描かれている。

この小説と同じタイトルを持つ詩を、原は書いている。自死の直前に広島の地元紙である「中国新聞」に送られたこの詩は、一九五一（昭和二十六）年三月十五日付の同紙朝刊、原の死亡記事と同じ面に掲載された。

永遠のみどり

ヒロシマのデルタに
若葉　うづまけ

死と焔の記憶に
よき祈りよ　こもれ

とはのみどりを
永遠のみどりを

ヒロシマのデルタに
青葉　したたれ

原は自死したが、書くべきものを書き終えるまで、苦しさに耐えて生き続けた。繰り返しよみがえる惨禍の記憶に打ちのめされそうになりながらも、虚無と絶望にあらがって、のちの世を生きる人々に希望を託そうとした。その果ての死であった。

嘗《かつ》て私は暗黒と絶望の戦時下に、幼年時代の青空の美しさだけでも精魂こめて描きたいと願つたが、今日ではどうかすると自分の生涯とそれを育てたものが、全て瓦礫に等しいのではないかといふ虚無感に突落されることもある。悲惨と愚劣なものがあまりに強烈に執拗にのしかかつてくるからだ。もともと私のやうに貧しい才能と力で、作家生活を営まうとすることが無謀であつたのかもしれない。もし冷酷が私から生を拒み息の根を塞ぐなら塞ぐで、仕方のないことである。だが、私は生あるかぎりやはりこの一すぢにつながりたい。

それから「死」も陰惨きはまりない地獄絵としてではなく、できれば静かに調和のとれたものとして迎へたい。現在の悲惨に溺れ盲ひてしまふことなく、やはり眼ざしは水平線の彼方にふりむけたい。死の季節を生き抜いて来た若い世代の真面目な作品がこの頃読めることも私にとつては大きな慰藉である。人間の不安と混乱と動揺はいつまで続いて行くかわからないが、それに抵抗するためには、内側にしつかりとした世界を築いてゆくより外はないのであらう。

　まことに今日は不思議で稀れなる季節である。殆どその生存を壁際まで押しやられて、飢ゑながら焼跡を歩いてゐるとき、突然、目も眩むばかりの美しい幻想や静澄な雰囲気が微笑みかけてくるのは、私だけのことであらうか。

（遺稿「死について」より）

主要参考文献

『原民喜作品集』全二巻（角川書店）
『原民喜全集』全二巻（芳賀書店）
『原民喜全集〈普及版〉』全三巻（芳賀書店）
『定本　原民喜全集』一〜三巻、別巻（青土社）

*

『夏の花』原民喜（角川文庫）
『夏の花』原民喜（晶文社）
『夏の花・鎮魂歌』原民喜（講談社文庫）
『夏の花・心願の国』原民喜（新潮文庫）
『小説集　夏の花』原民喜（岩波文庫）
『夏の花』原民喜（集英社文庫）
『原民喜全詩集』原民喜（岩波文庫）
『ガリバー旅行記』原民喜（講談社文芸文庫）
『原民喜戦後全小説』上・下巻　原民喜（講談社文芸文庫）
『新版　幼年画』原民喜（瀬戸内人）
『原民喜童話集』原民喜（イニュニック）

*

『文士と文壇』大久保房男（講談社）
『戦後の文学者たち』埴谷雄高（構想社）
『一つの運命——原民喜論』川西政明（講談社）
『原民喜　詩人の死』小海永二（国文社）
『日本の作家１００人　原民喜　人と文学』岩崎文人（勉誠出版）
『原民喜ノート』仲程昌徳（勁草書房）
『影法師』遠藤周作（新潮社）

『遠藤周作文学全集』第十五巻（新潮社）
『イエスの生涯』遠藤周作（新潮社）
『死について考える』遠藤周作（光文社）
『落第坊主の履歴書』遠藤周作（日本経済新聞社）
『贋きりすと』丸岡明（角川小説新書）
『昭和文学論』佐々木基一（和光社）
『あの頃』武田百合子（中央公論新社）

＊

「三田文学」一九四四年二月号・八月号、一九四七年六月号、一九五一年六月号・七月号・八月号・九月号、一九五三年五月号、一九五五年十一月号、一九六七年三月号、一九九七年冬季号、二〇〇八年春季号
「近代文学」一九五一年八月号、一九五五年十一月号
「群像」一九五一年五月号

＊

「原爆と作家の自殺」佐々木基一（「人間」一九五一年五月号）
「原民喜詩集について」佐々木基一（「新日本文学」一九五一年十月号）
「原爆と知識人の死」丸岡明（「文藝春秋」一九五一年五月号）
「原民喜」遠藤周作（「新潮」一九六四年七月号）
「幻の花を追う人」山本健吉（「文学界」一九五五年九月号）
「原民喜の回想」埴谷雄高（「近代文学」一九六四年八月号）
「原民喜詩集叙文」佐藤春夫（青木文庫『原民喜詩集』所収）
「原民喜おぼえ書き」藤島宇内（同前）
「往時渺茫」山本健吉（「読売新聞」一九七八年十月十六〜二十五日夕刊）
「文芸時評（一九五一年四月）」平野謙（河出書房新

社『文芸時評』所収）
「創作合評」伊藤整・神西清・福田恆存（「群像」一九四九年一月号）
「創作合評」中野好夫・林房雄・北原武夫（「群像」一九四九年十月号）
「原民喜の最後」寺地清三（「文学四季」一九五八年八月号）

＊

「原民喜資料目録」（日本近代文学館）
「第8回企画展図録　遠藤周作と歴史小説」（長崎市遠藤周作文学館）

そのほかに、広島市立中央図書館、日本近代文学館、長崎市遠藤周作文学館、広島平和記念資料館に収蔵・寄託されている自筆資料および写真、また個人蔵の自筆資料を参照しました。

原民喜略年譜

一九〇五年（明治三十八年）

十一月十五日、広島市幟町《のぼりちょう》一六二番地（現・中区幟町）にて、父信吉、母ムメの第八子、五男として生まれる。長男、次男は早世し、実質的な三男として育った。

父信吉は一八六六年二月生まれ、日清戦争が始まった一八九四年、陸海軍・官庁用達の繊維商、原商店を創業。軍服、制服、天幕その他の製造・卸によって発展、一九一四年に合名会社となり、幟町界隈に工場や多くの貸家を所有するようになる。

一九一二年（明治四十五・大正元年）　七歳

四月、広島県広島師範学校附属小学校（現・広島大学附属東雲小学校）の二部（男女共学クラス）に入学。六月十九日、弟六郎が四歳で死去。

一九一七年（大正六年）　十二歳　小学六年生

二月二十七日、父信吉が胃がんのため死去、享年五十一。八月、兄守夫と二人で原稿綴じの家庭内同人誌「ポギー」を作る。九月に二号を作成。

一九一八年（大正七年）　十三歳　小学校高等科一年生

三月、広島県広島師範学校附属小学校尋常科卒

業。広島高等師範学校附属中学校(現・広島大学附属中学校)を受験したが不合格となり、四月、附属小学校高等科に進学。六月二十四日、次姉ツルが腹膜結核のため二十一歳で死去。

一九一九年(大正八年)　十四歳　中学一年生
四月、広島高等師範学校附属中学校に入学。国語・作文を得意とし、二学期、クラスの会誌に「絵そら琴をひく人」という筆名で小説を発表。

一九二〇年(大正九年)　十五歳　中学二年生
十月、「ポギー」三号に詩「楓《おうかいで》」「キリスト」他を寄せる。

一九二一年(大正十年)　十六歳　中学三年生
八月、「ポギー」四号に短篇小説「槌の音」を寄せる。

一九二三年(大正十二年)　十八歳　中学五年生
三月、附属中学校四年を修了、大学予科の受験資格を得たため、五年進級後は一年間ほとんど登校せず、文学三昧の生活を送る。五月、同級生の熊平武二の誘いを受けて謄写版刷りの同人誌「少年詩人」創刊号に詩を寄せ、四号まで続けて寄稿。同人に広島県立広島第一中学校の生徒で、生涯の友となる長光太(本名・末田信夫)がいた。

一九二四年(大正十三年)　十九歳　大学予科一年生
四月、慶應義塾大学文学部予科に入学、熊平武二も同学部に進んだ。芝区三田四国町(現・港区芝)の金沢館に下宿。同期に、山本健吉(本名・石橋貞吉)、庄司総一、田中千禾夫《ちかお》、瀧口修造、厨川《くりやがわ》文夫、蘆原英了《あしはらえいりょう》、北原武夫らがおり、山本健吉と特に親しくなる。

一九二五年（大正十四年）　二十歳　大学予科二年生

ダダイズムに傾斜し、一月から四月にかけて糸川旅夫の筆名で、広島の「芸備日日新聞」にダダ風の作品を発表。

一九二六年（大正十五・昭和元年）　二十一歳　大学予科三年生

一月、同人誌「春鶯囀《しゅんのうでん》」を発行。同人は原の他に、熊平武二、長光太、銭村五郎、澄田廣史、木下進、永久博郎、熊平武二の兄である安芸清一郎（本名・熊平清一）、山本健吉。原は四行詩や詩評、随筆などを発表したが、資金不足のため四号（五月発行）をもって廃刊。九月、家庭内同人誌「沈丁花」一号に俳句を発表。十月、「沈丁花」二号発行。同月、熊平武二、長光太、山本健吉、銭村五郎と原稿綴じの回覧雑誌「四五人会雑誌」を作り、俳句や小説、随筆、雑文などを発表。この頃から短篇小説を書き始める。昼夜逆転の生活で読書、創作に耽り、大学予科の出席日数が不足し、学部進級が二年遅れた。長光太や山本健吉らとともにブハーリン、プレハーノフ、レーニンなどのマルクス主義文献に接し、左翼運動へ関心を深める。

一九二七年（昭和二年）　二十二歳　大学予科（四年目）

一月、家庭内同人誌「沈丁花」三号、六月、家庭内同人誌「霹靂」一巻。

一九二八年（昭和三年）　二十三歳　大学予科（五

年目）
二月、「四五人会雑誌」十二号、九月、家庭内同人誌「霹靂」二巻、「四五人会雑誌」十三号。

一九二九年（昭和四年）　二十四歳　大学一年生
四月、慶應大学文学部英文科に進学。主任教授は西脇順三郎。この年から翌年にかけてR・S（Reading Society マルクス主義文献の読書会）に参加し、日本赤色救援会（通称モップル）東京地方委員会城南地区委員会に所属した。

一九三〇年（昭和五年）　二十五歳　大学二年生
十二月下旬、慶應大学生の小原（氷室）武臣の指示で広島地区の救援オルグとして派遣される。

一九三一年（昭和六年）　二十六歳　大学三年生
一月、広島市で胡川清に日本赤色救援会の広島地区委員会を組織するよう働きかける。活動を始めた胡川は四月六日に検束され、前後して原も東京で検束された。六月、胡川の予審廷で喚問を受け、その後、運動から離れた。

一九三二年（昭和七年）　二十七歳　大学卒業
卒業前に桐ヶ谷の長光太宅の二階へ寄寓。三月、文学部英文科を卒業。卒業論文は「Wordsworth 論」。一時、縁者の経営するダンス教習所の受付の仕事に就く。横浜・本牧の女性を身請けし、長の家の二階で同棲生活を始める。半月も経たないうちに逃げられ、カルモチン自殺を図るが未遂。暮れ頃、長とともに千駄ヶ谷の明治神宮外苑裏のアパートに移る。この頃、実家から縁談が持ち込まれる。

一九三三年（昭和八年）　二十八歳

三月十七日、広島県豊田郡本郷町大字本郷（現・三原市本郷町）出身の永井貞恵と見合い結婚。貞恵は一九一一年九月十二日生まれで、広島県立尾道高等女学校卒。肥料業を中心に米穀、酒造を商む永井菊松、スミの次女で、三歳下の弟、善次郎は評論家の佐々木基一《きいち》（筆名）。池袋のアパートを新居とし、間もなく淀橋区柏木町（現・新宿区北新宿）の山本健吉宅の向かいに転居した。西脇順三郎も寄稿し、西脇の元でともに学んだ井上五郎が編集、発行人となって発行した同人誌「ヘリコーン」に参加し、掌篇小説を発表。

一九三四年（昭和九年）　二十九歳

五月、昼夜逆転の生活から特高警察の嫌疑を受け、夫婦で淀橋署に検束される。一晩で釈放されたが、同時に検束された山本健吉は、十九日間勾留された。その間に山本宅に絶交状を送り、千葉市大字寒川字羽根子一六六七ノ二（現・千葉市中央区登戸）へ転居、以後十年間、同所で暮らす。山本とは一九四八年に遠藤周作が仲を取り持つまで、約十四年間絶交した。

一九三五年（昭和十年）　三十歳

三月二十九日、同人誌「ヘリコーン」などに発表した作品をまとめて掌篇集『焰《ほのお》』を白水社より自費出版。「読売新聞」に中島健蔵による書評が載る。十二月、貞恵とともに宇田零雨主宰の俳句誌「草茎」の会員となり、原杞憂の名で投句を始める。

『焰』（白水社、三月）。

一九三六年（昭和十一年）　三十一歳

「三田文学」に寄稿を始める。九月二十五日、母ムメが尿毒症のため六十二歳で死去。「**貂**」(「三田文学」八月号)。「**行列**」(「三田文学」九月号)。

一九三七年(昭和十二年)　三十二歳
「**幻燈**」(「三田文学」五月号)。「**鳳仙花**」(「三田文学」十一月号)。

一九三八年(昭和十三年)　三十三歳
四月で「草茎」への投句を止める。句作は一九四五年の「原子爆弾」まで続けた。
「**不思議**」(「日本浪曼旅」一月号)。「**玻璃**」(「三田文学」三月号)。「**迷路**」(「三田文学」四月号)。「**暗室**」(「三田文学」六月号)。「**招魂祭**」(「三田文学」九月号)。「**夢の器**」(「三田文学」十一月号)。

一九三九年(昭和十四年)　三十四歳
九月十日、貞恵が肺結核を発病(後に糖尿病を併発)。官立千葉医科大学附属病院(現・千葉大学医学部附属病院)に入院するなど、五年に及ぶ闘病生活を送ることになる。以後、作品発表は次第に減少。
「**華燭**《かしょく》」(「三田文学」五月号)。「**沈丁花**」(「三田文学」六月号)。「**溺没**《できぼつ》」(「三田文学」九月号)。

一九四〇年(昭和十五年)　三十五歳
「**小地獄**」(「三田文学」五月号)。「**冬草**」(「三田文学」十一月号)。

一九四一年(昭和十六年)　三十六歳
「**雲雀**《ひばり》**病院**」(「文芸汎論」六月号)。「**夢時計**」(「三田文学」十一月号)。

一九四二年（昭和十七年）　三十七歳

一月、船橋市立船橋中学校（現・千葉県立船橋高等学校）の嘱託英語講師となり、週三回通勤。

「**面影**」（「三田文学」二月号）。「**淡章**」（「三田文学」五月号）。「**独白**」（「三田文学」十月号）。

一九四三年（昭和十八年）　三十八歳

「**望郷**」（「三田文学」五月号）。

一九四四年（昭和十九年）　三十九歳

三月、船橋中学校退職。夏頃より長光太の紹介で朝日映画社脚本課の嘱託になり、週に一、二度勤務する。九月二十八日、妻貞恵、肺結核と糖尿病のため死去、享年三十三。秋頃、一九三五年以降に発表した短篇小説を「死と夢」「幼年画」という題名を付けて分類整理する。

「三田文学」は相次ぐ空襲のため、この年の十二月から一九四五年十二月まで休刊。

「**弟へ**」（「三田文学」二月号〈前線将兵慰問文特集〉）。「**手紙**」（「三田文学」八月号）。

一九四五年（昭和二十年）　四十歳

一月、貞恵の看病のため同居していた義母が帰郷、原も広島に帰って家業を手伝うことにする。

一月三十一日に千葉の家を引き払い、途中、本郷の貞恵の実家へ寄って二月四日広島に着く。

八月六日朝八時十五分、爆心地から一・二キロメートルの幟町の生家、兄信嗣宅にて原子爆弾被災。ほぼ無傷で助かり、京橋川河畔と東照宮下で二晩野宿、持っていた手帳に惨状を記録する。八月八日、広島市郊外の八幡村（現・広島市佐伯区）へ移る。その後も書き継いだ記録を基に、秋から冬にかけて小説「夏の花」（原題「原子爆弾」）を執筆。

一九四六年（昭和二十一年）　四十一歳
一月、「三田文学」復刊。「近代文学」創刊。二月、長光太から上京を勧める葉書を受け取る。亡き妻との思い出を表した「忘れがたみ」を「三田文学」三月号に発表、堀辰雄に注目され始める。四月三日に上京、大森区馬込東二ノ八九九（現・大田区南馬込）の長の家に寄寓する。慶應義塾商業学校・工業学校（一九四九年両校廃校）夜間部の嘱託英語講師となる。十月から「三田文学」の編集に加わった。
「**忘れがたみ**」（「三田文学」三月号）。「**雑音帳**」（「近代文学」四月号）。「**小さな庭**」（「三田文学」六月号）。「**冬日記**」（「文明」九月号）。「**ある時刻**」（「三田文学」十・十一月合併号）。

一九四七年（昭和二十二年）　四十二歳
五月頃、長光太の妻より転居するよう言い渡される。長は記録映画の仕事で札幌に出張したまま帰らず、現地でのちに再婚する女性と暮らし始めていた。六月末頃、中野区打越町一三（現・中野区中野）の甥の下宿へ移る。「夏の花」を「三田文学」六月号に発表。丸岡明の依頼で三か所自主削除をした上での掲載だった。九月、中野区内のアパートを借りて移るが、先住者が荷物を置いたまま立ち退かず、時々帰宅する状態だった。十二月、丸岡家が所有する千代田区神田神保町三丁目六番地の能楽書林へ転居。十二月で慶應義塾商業学校・工業学校を退職、翌年は「三田文学」の編集と創作活動に専念する。
「**吾亦紅**」（「高原」三月号）。「**秋日記**」（「四季」四月号）。「**夏の花**」（「三田文学」六月号）。「**小さな村**」（「文壇」八月号）。「**廃墟から**」（「三田文学」十一月号）。「**雲の裂け目**」（「高原」十二月

号）。「**氷花**」（「文学会議」十二月号）。

一九四八年（昭和二十三年）　四十三歳

二月十九日、丸岡家（丸岡明の母と明夫妻、明の弟大二の家族）が能楽書林へ入居、二階の部屋から一階へ移る。同所で「三田文学」の編集が行われたことから、同人との交流が盛んになる。六月、「近代文学」の同人となる。六月中旬、能楽書林で行われた「三田文学」の合評会で、この年の春に慶應大学文学部仏文科を卒業し、評論家として出発したばかりの遠藤周作と知り合い、以後、深い親交を結んだ。十月、遠藤の仲介で絶交していた山本健吉と旧交を回復する。十二月、「夏の花」が、鈴木重雄の小説「黒い小屋」、加藤道夫の戯曲「なよたけ」とともに第一回水上瀧太郎賞を受賞。

「**昔の店**」（「若草」六月号）。「**画集**」（「高原」七月号）。「**朝の礫**」（「饗宴」八月号）。「**戦争について**」（「近代文学」九月号）。「**火の踵**《かかと》」（「近代文学」十月号）。「**災厄の日**」（「個性」十二月号）。

一九四九年（昭和二十四年）　四十四歳

二月、原爆被災の体験に基づく作品をまとめ、能楽書林より小説集『夏の花』を刊行。夏、能楽書林近くの進駐軍接収住宅に住むタイピスト祖田祐子と知り合う。この年いっぱいで丸岡とともに「三田文学」の編集を辞した。

「**壊滅の序曲**」（「近代文学」一月号）。「**魔のひととき**」〈小説〉（「群像」一月号）。『**夏の花**』〈ざくろ文庫5〉（能楽書林）、二月。「**死と愛と孤独**」（「群像」四月号）。「**火の唇**」（「個性」五・六月合併号）。「**苦しく美しき夏**」（「近代文学」五・六月合併号）。「**母親について**」（「教育と社会」七月号）。「**鎮魂歌**」（「群像」八月号）。「**夢と人**

生」（「表現」八月号）。「**長崎の鐘**」「**外食食堂のうた**」（「近代文学」十月号）。

一九五〇年（昭和二十五年）　四十五歳

一月、庄司総一の世話で武蔵野市吉祥寺二四〇六（現・吉祥寺南町）川崎方へ転居。早春の頃、遠藤周作と祖田祐子とその従妹と多摩川でボート遊びをする。四月十五日に行われた日本ペンクラブ広島の会主催の「世界平和と文化大講演会」に参加するため帰郷、「原爆体験以後」と題して講演を行った。同月、父の遺産の株券を売却。六月四日、遠藤がフランス留学のため、横浜港からフランス船マルセイエーズ号で出航、埠頭で見送った。十月、原商店への出資金を換金。

「**魔のひととき**」〈詩〉（「三田文学」三月号）。「**美しき死の岸に**」（「群像」四月号）。「**讃歌**」（「近代文学」八月号）。「**原爆小景**」（「焼ケ樹木ハ」と改題）（「近代文学」〈特別号〉八月号）。「**火の子供**」（「群像」十一月号）。「**燃エガラ**」（「歴程」十一月号）。

一九五一年（昭和二十六年）　四十五歳

三月十三日午後十一時三十一分、国鉄（現・JR）中央線吉祥寺・西荻窪間の線路上に身を横たえ自死。十五日に火葬と通夜、十六日、阿佐ヶ谷の佐々木基一宅で自由式による告別式。葬儀委員長は佐藤春夫。

十一月十五日、広島城址に詩「碑銘」を刻んだ詩碑建立。設計谷口吉郎、陶板製作加藤唐九郎。佐藤春夫らが来広して除幕式が行われた。

「**遙かな旅**」（「女性改造」二月号）。「**碑銘**」（「歴程」二月号）。「**風景**」（「歴程」三月号）。「**永遠のみどり**」〈詩〉（「中国新聞」三月十五日〈死亡記事掲載面〉)。「**悲歌**」(「歴程」四月号)。「**死のなかの風景**」(「女性改造」五月号)。「**心願の国**」(「群像」五月号)。「**死について**」(「日本評論」五月号)。『**ガリバー旅行記**』(主婦之友社、六月)。『**原民喜詩集**』(細川書店、七月)。「**永遠のみどり**」〈小説〉(「三田文学」七月号)。「**屋根の上**」「**ペンギン鳥の歌、蟻、海**」(「近代文学」八月号)。「**杞憂句抄**」(「俳句研究」十月号)。

＊『原民喜全詩集』(岩波文庫)に付された年譜(竹原陽子編)および『定本　原民喜全集』(青土社)第三巻所収の年譜をもとに作成。

＊著作については、主要作品および本文で引用した作品のみを記した。

あとがき

フランスで原の自死の報を受け、遺書を読んで「貴方の死は何てきれいなんだ」と日記に書いた遠藤周作は、それから三十六年後、『死について考える』という著作の中でこう書いている。

「原さんという人は私だけでなく、周りの多くの人に強烈な痕跡を残して行きました。あの人の百倍も強烈なのが私にとってイエスかもしれないと思うことがあります」

遠藤には『イエスの生涯』という著作がある。その中でイエスは、徹底して無力な存在として描かれる。現実世界にいかなるものももたらさず、奇蹟も行うことができない。では彼は何をしたのか。

人々の悲しみをともに悲しみ、苦痛やみじめさを引き受けようとした。つねに他者の苦しみのそばにとどまり、寄り添おうとした。それが、遠藤が愛し信じたイエスの像である。

「疲れ果てくぼんだ眼。そのくぼんだ眼に哀しげな光がさす。くぼんだ眼が微笑する時は素直な純な光が宿る。何もできなかった人。この世では無力だった人。痩せて、小さかった。彼はただ他の人間たちが苦しんでいる時、それを決して見棄てなかっただけだ。女たちが泣いている時、そのそばにいた。老人が孤独の時、彼の傍にじっと腰かけていた。奇蹟など行わなかったが、奇蹟よりもっと深い愛がそのくぼんだ眼に溢《あふ》れていた。そして自分を見棄てた者、自分を裏切った者に恨みの言葉ひとつ口にしなかった。にもかかわらず、彼は「悲しみの人」であり、自分たちの救いだけを祈ってくれた」

イエスは弟子たちにも見放され、孤独に死んでいく。そのみじめな死こそが弟子たちの胸に突き刺さり、かれらの人生を変えていくのだ。遠藤は書く。

「無力なイエス、何もできなかったイエスの悲惨な死によって——それが悲惨な死であるがゆえにその死のまぎわの愛の叫びは——弟子たちに根本的な価値転換を促したのだ」

遠藤がイエスについて書いた文章を読んでいると、彼が原をイエスに重ねた理由、轢死という凄惨な自死を「何てきれいなんだ」と記した理由がおぼろげながら見えてくる。

原の死の現場に駆けつけた友人の庄司総一は、「無償の愛」と題した追悼文の中で、原は自分を痛めつけ、不幸に落とし込んだものに対して抗議することはなかったと書いている。反抗の精神を持たなかったところに原の文学の美しさと新しさがあるが、それは「われわれ生者の呼吸を、力強く明日につなぐものではないような気がする」と。

原は社会に対して声をあげることをしなかった。細くかすかな声で、死者のための歌をうたい続けた。どんな酬《むく》いも求めなかった原の生き方を、庄司は無償の愛と呼び、それを持ちえたことは類まれな幸福であるが、同時に死に通じる恐ろしい道でもあったとして原を悼んでいる。

被爆という体験をしながら、原が社会に対して閉じた姿勢のまま生を終えたことに批判的な作家もいる。原と同世代で、やはり広島で被爆し、その体験を「屍の街」などの小説に書いた大田洋子は、「原さんは「さりげなくわかれる」と原さんらしい言葉をのこしたが、この「さりげなさ」こそはなんてつまらぬ古風な味いであろう。原さんの死には近代精神の新鮮さは見られず、古風なものである」と書いている。

「原民喜の死について」と題するこの文章の中で、大田は「柵の外に出、時代の良心として書くこと」の重要性をいい、「文学が充分な発言権をもつものであることは、今後だれにも自覚されてくることになるだろう」と結んでいる。

発言し、行動し、社会に働きかけていく――たしかにそれは、ペンを持つ人間のひとつの役割であろう。作家の自死を美化し、いたずらに持ち上げることも慎まなければならない。だが私は、本書を著すために原の生涯を追う中で、しゃにむに前に進もうとする終戦直後の社会にあって、悲しみのなかにとどまり続け、嘆きを手放さないことを自分に課し続けた原に、純粋さや美しさだけではなく、強靱さを感じるようになっていった。

現在の世相と安易に重ねることもまた慎むべきであろうが、悲しみを十分に悲しみつくさず、嘆きを置き去りにして前に進むことが、社会にも、個人の精神にも、ある空洞を生んでしまうことに、大きな震災をへて私たちはようやく気づきはじめているように思う。

個人の発する弱く小さな声が、意外なほど遠くまで届くこと、そしてそれこそが文学のもつ力であることを、原の作品と人生を通して教わった気がしている。評伝として不足も多く、また未熟で拙いものであるが、本書をきっかけに、ひとりでも多くの人が原民喜の作品を読む機会をもってくだされば、これにまさる喜びはない。

本書を著すにあたっては、さまざまな方にご教示、ご協力を賜った。ひとりひとりのお名前を挙げることはしないが、この場を借りて心からお礼を申し上げる。とりわけ、原民喜研究者である竹原陽子氏が長年の地道な調査によって作成された詳細な年譜(岩波文庫『原民喜全詩集』所収)には負うところが大きかった。

原民喜の甥である原時彦氏には、広島平和記念資料館に寄託されている、被爆時の手帳(「夏の花」のもとになったもの)の現物を見る機会を作っていただいた。閲覧できるとは夢にも思っていなかった、歴史的にも貴重な資料である。ご厚意に心から感謝申し上げる。

編集を担当してくれたのは岩波書店の渡部朝香さんである。その誠実な仕事に何度も助けられたことを記しておく。

二〇一八年六月

梯　久美子

＊本書では引用に際し、旧字体を新字体にあらため、かなづかいと送りがなは原文のままとした。また、読みやすさを考慮し、適宜、ふりがなを付した。

＊本書に引用した原民喜の作品や書簡等は、『定本　原民喜全集』（青土社）を底本とした。なお、遺書および原爆被災時のメモについては、直筆の原本から書き起こしたため、全集とは異なる箇所もある。二五四ページの詩「永遠のみどり」は、原民喜の死去を報じる「中国新聞」一九五一年三月十五日付朝刊に掲載された初出（直筆原稿）に表記をあわせた。

梯久美子

ノンフィクション作家．1961（昭和36）年，熊本市生まれ．北海道大学文学部卒業後，編集者を経て文筆業に．2005年のデビュー作『散るぞ悲しき　硫黄島総指揮官・栗林忠道』で大宅壮一ノンフィクション賞を受賞．同書は米，英，仏，伊など世界8か国で翻訳出版されている．著書に『昭和二十年夏，僕は兵士だった』，『昭和の遺書　55人の魂の記録』，『百年の手紙　日本人が遺したことば』，『狂うひと　「死の棘」の妻・島尾ミホ』（読売文学賞，芸術選奨文部科学大臣賞，講談社ノンフィクション賞受賞）などがある．

原民喜 死と愛と孤独の肖像　　岩波新書（新赤版）1727

2018年7月20日　第1刷発行
2022年3月4日　第7刷発行

著　者　梯《かけはし》 久《く》美《み》子《こ》

発行者　坂本政謙

発行所　株式会社 岩波書店
〒101-8002 東京都千代田区一ツ橋2-5-5
案内 03-5210-4000　営業部 03-5210-4111
https://www.iwanami.co.jp/

新書編集部 03-5210-4054
https://www.iwanami.co.jp/sin/

印刷製本・法令印刷　カバー・半七印刷

ISBN 978-4-00-431727-2　　Printed in Japan

岩波新書新赤版一〇〇〇点に際して

ひとつの時代が終わったと言われて久しい。だが、その先にいかなる時代を展望するのか、私たちはその輪郭すら描きえていない。二〇世紀から持ち越した課題の多くは、未だ解決の緒を見つけることのできないままであり、二一世紀が新たに招きよせた問題も少なくない。グローバル資本主義の浸透、憎悪の連鎖、暴力の応酬――世界は混沌として深い不安の只中にある。

現代社会においては変化が常態となり、速さと新しさに絶対的な価値が与えられた。消費社会の深化と情報技術の革命は、種々の境界を無くし、人々の生活やコミュニケーションの様式を根底から変容させてきた。ライフスタイルは多様化し、一面では個人の生き方をそれぞれが選びとる時代が始まっている。同時に、新たな格差が生まれ、様々な次元での亀裂や分断が深まっている。社会や歴史に対する意識が揺らぎ、普遍的な理念に対する根本的な懐疑や、現実を変えることへの無力感がひそかに根を張りつつある。そして生きることに誰もが困難を覚える時代が到来している。

しかし、日常生活のそれぞれの場で、自由と民主主義を獲得し実践することを通じて、私たち自身がそうした閉塞を乗り超え、希望の時代の幕開けを告げてゆくことは不可能ではあるまい。そのために、いま求められていること――それは、個と個の間で開かれた対話を積み重ねながら、人間らしく生きることの条件について一人ひとりが粘り強く思考することではないか。その営みの糧となるものが、教養に外ならないと私たちは考える。歴史とは何か、よく生きるとはいかなることか、世界そして人間はどこへ向かうべきなのか――こうした根源的な問いとの格闘が、文化と知の厚みを作り出し、個人と社会を支える基盤としての教養となった。まさにそのような教養への道案内こそ、岩波新書が創刊以来、追求してきたことである。

岩波新書は、日中戦争下の一九三八年一一月に赤版として創刊された。創刊の辞は、道義の精神に則らない日本の行動を憂慮し、批判的精神と良心的行動の欠如を戒めつつ、現代人の現代的教養を刊行の目的とする、と謳っている。以後、青版、黄版、新赤版と装いを改めながら、合計二五〇〇点余りを世に問うてきた。そして、いままた新赤版が一〇〇〇点を迎えたのを機に、人間の理性と良心への信頼を再確認し、それに裏打ちされた文化を培っていく決意を込めて、新しい装丁のもとに再出発したいと思う。一冊一冊から吹き出す新風が一人でも多くの読者の許に届くこと、そして希望ある時代への想像力を豊かにかき立てることを切に願う。

（二〇〇六年四月）

文学

万葉集に出会う	大谷雅夫
大岡信 架橋する詩人	大井浩一
源氏物語を読む	高木和子
『失われた時を求めて』への招待	吉川一義
三島由紀夫 悲劇への欲動	佐藤秀明
有島武郎	荒木優太
ジョージ・オーウェル	川端康雄
大岡信『折々のうた』選 詩と歌謡	蜂飼耳編
大岡信『折々のうた』選 短歌㈠・㈡	水原紫苑編
大岡信『折々のうた』選 俳句㈠・㈡	長谷川櫂編
日曜俳句入門	吉竹純
短篇小説講義〔増補版〕	筒井康隆
日本の同時代小説	斎藤美奈子
武蔵野をよむ	赤坂憲雄
中原中也 沈黙の音楽	佐々木幹郎
戦争をよむ 70冊の小説案内	中川成美
夏目漱石と西田幾多郎	小林敏明
『レ・ミゼラブル』の世界	西永良成
北原白秋 言葉の魔術師	今野真二
漱石のこころ	赤木昭夫
夏目漱石	十川信介
村上春樹は、むずかしい	加藤典洋
「私」をつくる 近代小説の試み	安藤宏
現代秀歌	永田和宏
言葉と歩く日記	多和田葉子
近代秀歌	永田和宏
杜甫	川合康三
古典力	齋藤孝
食べるギリシア人	丹下和彦
和本のすすめ	中野三敏
老いの歌	小高賢
魯迅◆	藤井省三
ラテンアメリカ十大小説	木村榮一
正岡子規 言葉と生きる	坪内稔典
ヴァレリー	清水徹
白楽天	川合康三
ぼくらの言葉塾	ねじめ正一
季語の誕生	宮坂静生
和歌とは何か	渡部泰明
小林多喜二	ノーマ・フィールド
いくさ物語の世界	日下力
漱石 母に愛されなかった子	三浦雅士
中国名文選	興膳宏
アラビアンナイト	西尾哲夫
小説の読み書き	佐藤正午
季語集◆	坪内稔典
学力を育てる	志水宏吉
森鷗外 文化の翻訳者	長島要一
英語でよむ万葉集	リービ英雄
源氏物語の世界	日向雅
花のある暮らし	栗田勇
読書力	齋藤孝

岩波新書より

一億三千万人のための 小説教室　高橋源一郎
花を旅する　栗田　勇
一葉の四季　森　まゆみ
西遊記　中野美代子
中国文章家列伝　井波律子
太宰治　細谷博
隅田川の文学　久保田淳
ジェイムズ・ジョイスの謎を解く　柳瀬尚紀
戦後文学を問う　川村湊
三国志演義　井波律子
短歌をよむ　俵　万智
新しい文学のために　大江健三郎
歌い来しかた わが短歌戦後史　近藤芳美
四谷怪談 悪意と笑い　廣末　保
万葉群像　北山茂夫
折々のうた　大岡　信
詩への架橋　大岡　信
アメリカ感情旅行　安岡章太郎

読書論　小泉信三
黄表紙・洒落本の世界　水野　稔
詩の中にめざめる日本　真壁　仁編
日本の現代小説　中村光夫
日本の近代小説　中村光夫
平家物語◆　石母田正
源氏物語◆　秋山　虔
古事記の世界◆　西郷信綱
日本文学の古典〔第二版〕　西郷信綱・永積安明・広末　保
李白　A・ウェイリー　小川環樹・栗山稔訳
新唐詩選　吉川幸次郎・三好達治
中国文学講話　倉石武四郎
ギリシア神話◆　高津春繁
文学入門　桑原武夫
万葉秀歌 上・下　斎藤茂吉

岩波新書より

芸術

水墨画入門　島尾新
酒井抱一　俳諧と絵画の織りなす抒情　井田太郎
平成の藝談　歌舞伎の真髄にふれる　犬丸治
K-POP　新感覚のメディア　金成玟
ベラスケス　宮廷のなかの革命者　大髙保二郎
ヴェネツィア　美の都の一千年　宮下規久朗
丹下健三　戦後日本の構想者　豊川斎赫
学校で教えてくれない音楽◆　大友良英
中国絵画入門　宇佐美文理
瞽女うた　ジェラルド・グローマー
東北を聴く　佐々木幹郎
黙示録　岡田温司
ボブ・ディラン　ロックの精霊　湯浅学
仏像の顔　清水眞澄
ヘタウマ文化論　山藤章二

小さな建築　隈研吾
デスマスク　岡田温司
コルトレーン　ジャズの殉教者　藤岡靖洋
雅楽を聴く　寺内直子
歌謡曲　高護
琵琶法師　兵藤裕己
歌舞伎の愉しみ方　山川静夫
自然な建築　隈研吾
肖像写真　多木浩二
東京遺産　森まゆみ
絵のある人生　安野光雅
日本の色を染める　吉岡幸雄
プラハを歩く　田中充子
コーラスは楽しい　関屋晋
日本絵画のあそび　榊原悟
ぼくのマンガ人生　手塚治虫
日本の近代建築 上・下　藤森照信
ゲルニカ物語　荒井信一
千利休　無言の前衛　赤瀬川原平

やきもの文化史　三杉隆敏
色彩の科学　金子隆芳
歌右衛門の六十年　中村歌右衛門　山川静夫
フルトヴェングラー　脇圭平　芦津丈夫
楽譜の風景　岩城宏之
明治大正の民衆娯楽　倉田喜弘
茶の文化史　村井康彦
日本の耳　小倉朗
日本の子どもの歌　園部三郎　山住正己
二十世紀の音楽　吉田秀和
水墨画　矢代幸雄
絵を描く子供たち　北川民次
名画を見る眼 正・続　高階秀爾
ギリシアの美術　澤柳大五郎
音楽の基礎　芥川也寸志
日本刀　本間順治
日本美の再発見〔増補改訳版〕　ブルーノ・タウト　篠田英雄訳
ミケルアンヂェロ　羽仁五郎

(2021.10)　◆は品切，電子書籍版あり．(R)